Heinrich Laube
Das Glück

Heinrich Laube
Das Glück

1.Aufl.
Taschenbuch – Literatur - Klassiker
Herausgeber Frank Weber, Marburg
Bibliografische Information der Deutschen Nationalbibliothek:
Die Deutsche Nationalbibliothek verzeichnet diese Publikation in der Deutschen
Nationalbibliografie; detaillierte bibliografische Daten sind im Internet abrufbar über
http://dnb.dnb.de
© 2021 Heinrich Laube
ISBN: 9783754322604
Herstellung und Verlag: BoD – Books on Demand, Norderstedt

Heinrich Laube

Das Glück

Novelle

Mannheim.

1837.

Inhalt

1.

Es war ein bedeckter Frühlingstag, mild und erquicksam wehte die Luft, das neue Gras war duftend aus der Erde geschossen, zwei große Buben wälzten sich darauf umher, und jubelten und tollten. Als sie sich ermüdet hatten, saßen sie ein wenig still, und Athem schöpfend und sich erholend sahen sie nach der Stadt hinunter, über welche zuweilen ein breiter üppiger Sonnenstrahl sich ausbreitete, wenn die dünnen, schleierartigen Wolken eine kleine Strecke wichen und sich lösten. Diese Stadt war Prag, das vielgethürmte; am Kapuzinerberge spielten die Buben.

Vielleicht klingt es Manchem unwahrscheinlich, Mancher wird es aber selbst erfahren haben, daß wir in einer gewissen Knabenzeit unter Ballspiel und Tändelei oft geneigt sind, ganz altväterisch ernsthaft über diejenige Lebenszukunft zu sprechen, welche für den Knaben existirt. Das heißt über diejenigen Wünsche, welche man aus den nächsten Vergleichen und Beispielen schöpft, ob man es nicht zum Exempel sehr schön finde, wie jener Nachbar zu leben, der den ganzen Tag Bücher lesen, oder wie jener, der sich stattliche Pferde und geputzte Lakaien halten, oder wie jener, der immerfort Tabak rauchen und neben der geschmückten, freundlichen Frau vor der Thür oder am Fenster sitzen könne. Es giebt Knaben, welche neben einander im Grase liegen, und sich ganz detaillirte wirthschaftliche Pläne mittheilen, wo sich der eine bloß so und so viel tausend Thaler und Gretchen zur Frau wünscht, weil sie eine vortreffliche Wirthin und von Herzen gut sei, der andre freilich größere Dinge, dann geben sie sich die Hand mit dem herzhaften Versprechen, sich immer zu lieben, wenn auch der eine ein großer Herr werden sollte und der andere nicht.

Unsere beiden Knaben geriethen an jenem Frühlingstage auch auf ein ähnliches Gespräch, und bekundeten darin ihre sehr verschiedenen Charaktere. Lebhaft waren beide, aber jeder in andrer Art: Victor, ein dunkelgelockter, feuriger Bursch, war voll Ungestüm und Wildheit, aber leicht beschwichtigt, leicht versöhnt; Gustav, ein blonder, feiner Knabe, war munter, dreist, bei Hindernissen und Widersprüchen leicht eigensinnig. Jener, eines nur mäßig bemittelten Bürgers Sohn, strebte in's Weite, bestimmte Verhältnisse aus der nahen Umgebung lockten ihn nicht, was Reichthum, Glanz und Ueberfluß! sagte er mit ein wenig andern Worten, die locken mich nicht, aber ein Held will ich werden, die Welt soll meinen Namen kennen, verzauberte Prinzessinnen will ich befrei'n, rothe Hosen mit Goldborten will ich tragen.

Es schmerzt mich, sagen zu müssen, daß dieser Romantiker nicht der Held unserer Geschichte wird, wenn auch Gustav, für den Augenblick sein Gefährte, weniger reizt.

Dieser stammte von armen Eltern, war aber zeitig von einem Onkel adoptirt worden, und hatte eine reiche Erbschaft und glänzende Existenz vor sich. Der Onkel und die Tante liebten ihn wie den Augapfel, und er war auch wirklich ein schöner, in Blüthe strotzender Knabe –»blond war sein Haupt, leicht war sein Sinn.«

Victor's Lebenswunsch ward von ihm nicht beachtet, und er sagte ohne weiteres Eingehen darauf: Ich werd' mir ein Billard anschaffen, ein ordentliches, großes, und im Gartenhause werd' ich mir ein Theater bauen, du kannst aber alle Tage mit mir ausfahren, Victor, und zu Mittage essen mußt du auch mit mir.

Ach, erwiederte dieser, ich werde ganz anderswo herumreiten.

Du sollst aber nicht, rief Gustav, und sprang in die Höhe.

Victor besänftigte ihn, und schlug vor, nach Hause zu gehn, es habe schon zwölf geschlagen, und wenn er's Mittagessen versäumte, so ginge es ihm schlecht. Gustav hatte noch keine Lust, und Victor ließ sich bereden. Als sie nun später nach Hause sprangen, bekam dieser Prügel, weil er das Mittagessen verpaßt habe, Gustav aber ward mit Liebkosungen empfangen, weil ihm nichts Uebles passirt sei, und die Tante bat nur streichelnd, er solle sich nicht immer so erhitzen. –

Nach einigen Jahren hatte sich Mancherlei verändert. Victor war in die weite Welt gegangen, sein Vater ließ sich nicht gern nach ihm fragen, die Leute zuckten die Achseln, wenn darauf die Rede kam; Gustav's Onkel war gestorben, und die kränkelnde Tante, welche das Vermögen zu administriren hatte, schloß sich mit immer größerer Zärtlichkeit an den schön und kräftig gedeihenden Neffen. Gustav war mit zwanzig Jahren eine ausgezeichnete, glänzende Erscheinung in Prag. Schön, heiter, gewandt, voll Leben und Bewegung, Erbe eines großen Vermögens war er überall willkommen, gefiel er allerwärts.

2.

Das große Vermögen der Tante beruhte zumeist in großen Fabriken, die einige Meilen von Prag entfernt lagen. Sie war eine sehr einfach gewöhnte Frau, die keine besonderen Gesellschaftsfreuden wünschte und kannte, das Gedeihen der Fabriken machte auch die Anwesenheit der Herrschaft nöthig, und so entschloß sie sich mit leichter Mühe, ihren Wohnsitz in der Stadt mit dem in einem Landstädtchen zu vertauschen. Gustav, der bereits ohne Einschränkung die Geschäfte leitete, und über alles verfügte, ohne dessen Gegenwart die Tante nicht bestehen konnte, war genöthigt, ebenfalls mit dahin zu ziehen, obwohl dies seinem lebenslustigen Sinne, der in der großen Stadt mehr Anregung und Befriedigung fand, wenig zusagen mochte. Aber er liebte die Tante sehr, und wenn diese kindliche Zuneigung auch vielfach von jenem jugendlichen Leichtsinne gestört ward, wie er bei jungen Männern oft zu finden ist, weil sie sich im Grunde nur eines deutlichen Bezuges zu gleicher Jugend und lebendiger Welt bewußt sind, wenn er also auch nicht eben gern in die Stille des kleinen Städtchens folgte, so war doch so viel Pietät in ihm, daß sein Mitgehn keiner ernstlichen Frage unterworfen ward.

Die Tante richtete sich nun in ihrer sorgenfreien Zurückgezogenheit auf die Weise ein, wie wir sie gewöhnlich bei Leuten aus den Mittelständen finden – sie haben bei großem Vermögen doch kein Bedürfniß feinerer Luxusstoffe, und umgeben sich nur mit Einzelnheiten derselben, um dadurch auf eine freundliche Weise an die ihnen gewährte Wohlhabenheit erinnert zu werden. So sehen wir denn auch das große Wohnzimmer der Tante, welches Mittelpunkt dieses kleinstädtischen Lebens wurde. Das Tageslicht ward gedämpft durch schwer seidne gelbe Gardinen, auf einem marmornen Spiegeltisch stand eine große massive Uhr von moderner Fassung, die Wände waren mit reichen, dunkelfarbigen Tapeten bekleidet, in allem Uebrigen aber war das altbürgerliche Meublement unverändert geblieben. Ein großer eichener Tisch mit grüner Tuchdecke stand mitten im Zimmer, die Stühle waren mit Leder gepolstert, und hatten noch die hohen Lehnen, an welchen früher die Erziehung junger Mädchen geprüft wurde, die mit geradem Rücken immer in gesetzmäßiger Entfernung von der lockenden Lehne sitzen mußten, ein Sofa war nicht zu sehen, seine Stelle vertrat ein breiter Großvaterstuhl mit Ohren, der Ofen war umfangsreich wie ein breiter Thurm und bestand aus braunen Thonkacheln, der Fußboden, stets sehr sauber, hatte weiße Dielen von festem, hartem Holze, das Ganze sah ein wenig leer aus, denn es fand sich von sonstigen Mobilien nur noch ein kleiner Tisch vor, und ein großer, himmelhoher Schreibsekretair. Dieser Schreibsekretair war aus rothem Kirschbaumholze gefertigt, und noch von jenem alten Schnitte, wo das eigentliche Schreibepult mit der unten daran gefügten Kommode hervorstand neben dem zurücktretenden schmalen, hohen Aufsatze, welcher durch zwei lange Flügelthüren geschlossen ward. In diesem Sekretair fanden sich alle Rechnungen, Dokumente und wichtige Familienpapiere. Die Tante führte den Schlüssel stets in der hirschledernen Tasche, die sie am Gürtel trug und welche sie Nachts unter das Kopfkissen legte. Sie vergaß diese Vorsicht niemals, obwohl sie nach täglicher Versicherung einen so leisen Schlaf hatte, daß sie von einem lauten Holzwurme geweckt ward, ihres Hustens gar nicht zu gedenken.

Also eingerichtet sitzt sie des Abends bei zwei Talglichtern, die in blanken messingnen Leuchtern stehen, auf dem Großvaterstuhle am großen Tische, und strickt wollene Strümpfe für sich und Gustav, der seit Jahren umsonst gegen wollene Strümpfe eifert, und wiederholt sich manchmal, was Pater Lorenz heute gesagt hat. Das zweite Licht, was sie für unnütz hält, hat der Neffe auch mit Mühe durchgesetzt – sie ist immer schneeweiß gekleidet, das heißt sie trägt über dem weißen Unterkleide von Kambrai ein Jäckchen von feinem Pique und eine weiße Mütze, unter welcher zierliche graue Löckchen hervorquellen, die ihr Gustav aus Prag besorgt. Die große Hornbrille liegt vor ihr, und sie greift nur darnach, wenn ihr eine Schlinge gefallen ist, oder wenn sie nach einem Posten in den Rechnungen sehen will, die ihr Gustav des Abends vorlegt. Es ist dies immer ein Posten in der Ausgabe, der ihr zu hoch dünkt.

Man glaube deshalb nicht etwa, die Tante sei geizig, Gott bewahre, sie ist nur genau und ordentlich – in Bezug auf Gustav verschwinden alle diese Rücksichten, dem steht der Schlüssel zum Schreibsekretair jeden Augenblick zu Diensten, und der darf herausnehmen was er will, und kann Geld ausgeben, so viel er mag. Gegen ihn hat sie nur eine Ermahnung: er soll seine Gesundheit schonen, nicht erhitzt trinken, und wenn er Abends nach beseitigten Rechnungen in's Kasino des kleinen Städtchens geht, so bittet sie ihn nur, sich niemals als erste Person der Umgegend etwas zu vergeben, und das Tabakrauchen sich nicht einreden zu lassen. Das schade der Brust, sei unreinlich, und fremd in der Familie: der Onkel hatte auch nicht geraucht.

Soll nun auch ein Bild von Gustav aus jener Zeit gegeben werden, so ist eine sehr schwierige Aufgabe zu lösen. Es geht doch am Ende mit solchen jungen Leuten, wenn sie nicht sehr eintönig und pedantisch angelegt sind, zumeist wie mit den Knospen unbekannter Bäume und Blüthen im Frühjahre. Heut ist die Knospe grün, morgen blau im Schweiße des Wachsthums, übermorgen braun vom Drange einer fruchtbaren Nacht, wir können nichts bestimmen, und müssen mit in den Schooß gelegten Händen auf das Wunder der Bildung harren – blau schattirt, denken wir ganz im Stillen, wird doch wohl die Blüthe werden, und in duftiger Frühe finden wir sie lachend roth aufgegangen.

Gustav hatte Anlagen zu Allerlei, ohne doch von irgend einem entschiedenen Drange inkommodirt zu werden. Das Grundbewußtsein seines Wesens bestand in der trockenen Ueberzeugung, daß er mit tüchtigem Vermögen ausgerüstet ein ganz hübsches Leben führen werde. Was sich nun etwa an Liebhabereien einstellen möge, das stehe ruhig zu erwarten. Nichts Phantastisches, nichts Enthusiastisches, nicht einmal etwas Charakteristisches war zu entdecken, will man nicht etwa dieses fraglose Hinleben also nennen.

Er ging auf die Jagd, ging in's Kasino, ritt spaziren, besorgte die Geschäfte des Fabrikwesens, dressirte sich Hunde, und wenn er von der kleinen, schönen Wlaska erzählen hörte, so lächelte er, und sagte, sie sei ein hübsches Mädchen.

Wlaska war nämlich das Wunder des kleinen Städtchens. Sie hatte alle Bücher gelesen, machte Verse, und sollte auf dem nahen Schlosse des Grafen mehrmals sehr schön Komödie gespielt haben. Dazu schlug sie eine Partie nach der andern aus, obwohl ihr Vater nur ein mäßig salarirter Beamter war. Gustav nahm noch wenig Interesse an den Weibern, und hatte sich wenig um das Mädchen gekümmert. Wlaska desto mehr um ihn.

3.

Der schöne junge Mann war ihrem phantastischen Wesen ein reizendes Ideal geworden – das mannigfach Unentschiedene, Unentwickelte in seinen Gewohnheiten, Aeußerungen und Sympathieen hatte seine

Anziehungskraft ebenfalls beigesteuert. Wir lieben in einer gewissen Jugend durchaus alles Romantische, was den Reiz verbergen kann, weil es überhaupt verbirgt; Charakteristisches mag uns später ansprechen. Die glänzende Stellung, welche Gustav dort in der kleinen Welt einnahm, mochte redlich geholfen haben an der Illusion des lebhaften Mädchens, wenn sie auch nicht das Mindeste davon wußte, ja mit Entrüstung jedwedes solches Motiv als ein verächtliches zurückgewiesen hätte. Es dünkte ihr just überaus entzückend, Gustav als armen Schäfer an's Herz drücken zu können.

Die äußere Welt, deren wir uns so gern überheben, treibt darin ihr verstecktes Spiel mit uns: der äußere Reichthum, welcher uns entgegentritt, macht uns doppelt empfänglich, inneren zu suchen oder zu lieben, auch wenn wir glauben, daß nicht die mindeste derartige Rücksicht in uns möglich sei. Denkt Euch zwei Mädchen, die in Liebenswürdigkeit vollkommen gleich mächtig sind, die eine lebt in unscheinbaren Verhältnissen, die andere in glänzenden – wie viel lockender, blendender wird die Illusion sein, welche die letztere entzündet! Nur der Gegensatz andrer Art kann die Wirkung solchen Kontrastes ändern: ein Mann oder ein Weib, die von Jugend auf in begründeten, besten Verhältnissen gelebt haben, werden in der Neigung leichter zu den Erben der Unscheinbarkeit gezogen.

Es ist aber dies derselbe Bezug, wenn auch umgekehrt.

Von Gustav war dies nicht zu sagen; seine Phantasie war darin unthätig, sie ging nicht aus dem geordneten Kreise hinaus; die Neigung und Leidenschaft wußte nichts von einem näheren Bezuge zu Wlaska, für seine Phantasie existirte die Möglichkeit solch einer Verbindung gar nicht. Er nahm es deshalb auch ganz harmlos auf, als sie durch kleine unschuldige Machinationen eine Einladung in ihr Haus an ihn gebracht hatte, und er erschien.

Das Ungewöhnliche interessirt oft, ohne gerade einen besondern Reiz auszuüben. Wlaska war ganz anders, als die übrige Welt, mit der Gustav zu verkehren hatte, die Unterhaltung, welche sie in dem kleinen, etwas wunderlichen Zimmer für den erwünschten Gast versuchte, war diesem so neu, daß sie ihm nothwendig eine gewisse Spannung bereiten mußte. Er kam öfter zu ihr; der langweilige Papa, welcher sich Anstands halber mit der langen Pfeife im Zimmerchen einzufinden pflegte, ließ sich nicht mehr von seinem Kasino abhalten, als Gustav's Besuche nicht mehr so neu waren, die Freundinnen Wlaska's, welche zuerst mitgebeten waren, fanden sich so vernachlässigt, daß sie im ersten Trotze auch wegblieben. Sie bereuten es zwar bald, denn Gustav interessirte sie höchlich, und sie hatten auch nur so trotzig gethan, um zu zeigen, daß sie größere Berücksichtigung verdienten; aber das Manövre war ihnen verunglückt. Weder Wlaska noch Gustav nahmen Notiz davon, und so finden wir denn diese beiden junge Leute manchen Abend allein bei einander, und dürften nach her-kömmlicher Voraussetzung ein Liebesverhältniß erwarten.

Wlaska's Zimmerchen ging auf einen kleinen Garten hinaus, mit welchem es durch eine altmodische Glasthüre in Verbindung stand Dieß mochte im Winter seine großen Uebelstände haben, das Mädchen ließ sich aber um keinen Preis etwas davon ändern, und verwahrte im Spätherbste die mangelhaft schützende Thür so gut es nur gehen wollte mit grün und braunem Moose. Ihre Bekanntschaft mit Gustav fiel in's zeitig beginnende Frühjahr, hie und da wurde schon ein Sträuchlein grün im Garten, und es war unserer Kleinen von außer-ordentlichem Genüge, die Thür größtentheils offen halten und bei den lebhaft sich gerdenden Empfindungen ihres Temperaments zuweilen hinaus-agiren zu können. Das Zimmer selbst hatte wenig Möbel, und diese wenigen zeichneten sich mehr durch Wunderlichkeit aus als durch schöne Fassung: der Tisch hatte arg verschränkte Beine, auf der eingeschweiften Kommode war ein kleiner Zaun angebracht, der die obere Fläche zum Schreibtisch einrahmte, das große, blau gemalte Schreibzeug von Porzellan hatte an den Ecken tolle Köpfe, welche groteske Fratzen schnitten. Auf dem Bette, was im Zimmer war, lag eine rothe Decke ausgebreitet mit großen schwarzen Figuren, und das alte Klavier, welches zwischen Bett und Kommode stand, sah auch ganz absonderlich aus. Bücher, Putzsachen, Bilder, Noten waren in allen Winkeln zu finden; sie lagen keineswegs unordentlich herum, sondern hatten ihre regelmäßige Stelle, aber die ganze Anordnung war von der Art, daß Alles barock aussah und frappant in die Augen fiel.

Wlaska selbst aber schien ganz an diesen Ort zu gehören; sie war ein Mädchen unter Mittelgröße, aber in den anmuthigsten Verhältnissen gewachsen, schlank und drall, geschmeidig, behende wie ein bunter gewandter Eidechs war sie bald hier bald da, bald tanzend, bald sitzend, immer in der zierlichsten Stellung, immer mit dem ganzen Körper thätig, immer voll Beredsamkeit, die von den kleinen, schön gefärbten Lippen, oder von den schwarzen Augen floß. Sie mochte damals achtzehn Jahre alt sein, oder wurde es doch in Kurzem, und hatte viel von der böhmischen Nationalfarbe, welche mitunter an asiatische Völkerschaft erinnert, viel von jenem Aussehen, was die Franzosen Bohèmienne heißen, und was mit dem Worte Zigeunerin unvollständig übersetzt wird. Die meisten Franzosen denken sich zwar auch weiter nichts darunter, aber in der Ahnung, welche hinter jedem sprachlichen Ausdrucke verborgen liegt, ruhen noch ganz andere Dinge. Ein fremder Welttheil mit unbekannten Reizen der Furcht und der Leidenschaft, der Form und Farbe verbirgt sich unter solchen Ausdrücken. Wlaska's Teint war ein wenig dunkel, aber von einem lockenden Glanze, ihre Formen waren mädchenhaft erfüllt, aber von der festen, straffen Art, in welcher eine Gewähr zu liegen scheint, daß sie niemals feist, fleischig werden dürften. Der Ausdruck des Gesichtes war nicht nur über alle Trivialität erhaben, sondern ging auch mitunter über den Gegensatz hinaus und konnte phantastisch genannt werden. So unangenehm dies bei älteren Gesichtern werden mag, so viel Zauber entwickelt es bei jungen Mädchen. Sie hatte eine wohlklingende, tiefe Stimme, und deklamirte und sang den ganzen Tag. Es ließ sich hierbei schnell bemerken, daß ihr jenes Element des Maßes, der Ruhe abging, was sich bei den verschiedenen Nationen verschieden gestaltet, bei allen aber die Vermittlung bildet zwischen dem inneren und äußeren Leben, was bei der Französin Witz und Laune, bei der Deutschen Behaglichkeit und Humor wird; wo es fehlt, da giebt es nur eine stoßweise, unruhige Existenz, der wohlthätige Fluß des Daseins wird vermißt.

Dergleichen beobachtete aber weder Gustav in seiner Unbekümmertheit noch sonst Jemand, ein Mädchen zwischen siebzehn und achtzehn Jahren, das Lieder dichtet und singt, und in erster Jugend fortwährend schafft und producirt, fordert nicht zu sorglichen Gedanken heraus; was unstät erscheinen mag, schreibt man der Jugend zu, und für die späteren Jahre verhofft man das Beste.

Dies ist ein Moment reichen Unglücks unserer Welt. Die Erde, die Realität verlangt ihre Berücksichtigung, denn sie ist nichts Einzelnes, was sich verläugnen ließe – daß dieser Moment übersehen wird bei denjenigen Mädchen, deren Naturel nicht von selbst behilflich ist, das gibt uns die große Klasse derer, welche man obenhin überspannt nennt, und die größtentheils alte Jungfern werden. Für den Mann ist es weniger bedenklich, ihn greifen die tausend Konflikte, und was er nicht gutwillig suchen will, das wird ihm schmerzhaft aufgedrungen; mag er auch den Verlust des rein Idealen wie einen poetischen Schmerz pflegen, denn wir haben noch immer die Tradition einer schlechten

Erde in unseren Adern, mag er auch klagen, er gewinnt gegen seinen Willen den Aplomb der Bildung – nicht so das Weib, das der Einseitigkeit überlassen bleibt.

Dergleichen hätte nun Wlaska gar nicht verstanden, und es war im ganzen Städtchen Niemand, dem solcher Ideengang nothwendig oder begreiflich geschienen hätte. Das ist ein tief poetischer Reiz der Welt; nichts bleibt verloren in seinen Beziehungen, wenn auch die Dinge eines eng geschlossenen Kreises in diesem Kreise keinen höheren Bezug finden; der Geist unserer Welt und Geschichte ist eine Atmosphäre.

Wem solche Fäden zu dünn sein möchten, der denke sich einen Vogel, welcher weit, weit hergeflogen kommt aus unbekanntem Lande, das Samenkorn einer uns unbekannten Frucht ruht in seinem Schnabel, es fällt auf unsern Boden, und wir wundern uns höchlich, von wannen die Staude kam, welche aufschießt über Nacht. Die Bildung hat tausend unbekannte Wege.

4.

Das wunderliche Verhältniß zwischen den beiden Leuten hatte schon eine Zeit lang gedauert; es war Gustav unterhaltender, gegen Abend statt auf's Kasino in Wlaska's Stübchen zu geh'n. Nur ein schöner Jagdtag ging ihm darüber; er war neben dem feurigen Mädchen vollkommen harmlos geblieben, und es ist schwer zu sagen, ob nur irgend etwas anderes, als das Ungewöhnliche der Unterhaltung ihn anzog, im Ganzen war er völlig gedankenlos dabei. Er hörte auch wohl nur mit halbem Ohre hin, wenn Wlaska Schauspiele recitirte, und spielte unterdessen behaglich mit den Ohren seines großen Jagdhundes. Fuhr dieser einmal bei einer überraschenden Bewegung des Mädchens bellend auf, so amusirte ihn das sehr. Es schlief Alles noch in tiefem Schlafe bei diesem jungen Manne, auch die Sinnlichkeit, er war gleich einer Nuß mit harter Schale, man wirft sie dem Kerne unbeschadet hin und her. Auch die Eitelkeit, sollte man glauben, war noch nicht aufgewacht, und doch war etwas davon thätig bei seinem halben Interesse für Wlaska; eitel sind wir schon, wenn wir noch gar nichts sind, diese Eigenschaft ist wie ein fettes Fleisch mit unsern edelsten Theilen verwachsen. Er dachte nicht darüber nach, aber die

Behaglichkeit davon empfand er doch, der Gott eines hübschen, ungewöhnlichen Mädchens zu sein.

Es war ein warmer Frühlingsabend, als er mit seinem Hektor von der Jagd heimkehrend über den Gartenzaun sprang, und in die offene Thüre von Wlaska's Stübchen trat. Sie saß an dem alten Klavier, und sang eine große Arie, Gustav nicht bemerkend. Er blieb stehen, drohte dem Hunde, der in's Zimmer springen wollte, hörte eine Weile zu, zog dann leise den Schuß aus der Büchse, und sah, als die Arie noch immer nicht endigen wollte, nach den Wolken, wahrscheinlich um zu prüfen, ob den andern Tag Jagdwetter sein werde.

Als ihn Wlaska bemerkte, sprang sie jubelnd auf ihn zu, und sie wäre ihm vielleicht um den Hals gefallen, wenn er nicht kühl die Hand zum Gruße entgegengestreckt hätte. Das Verhältniß stand schon lange auf dem Punkte, daß nur seine große Harmlosigkeit den leidenschaftlichen Ausdruck des Mädchens immer noch zurückhielt.

Sie küßte ihm die Hand, und er strich ihr das wallende, dunkle Lockenhaar aus der Stirn, streichelte ihr die Wange, und verwunderte sich, wie man so heiß werden könne vom bloßen Singen.

Wlaska brachte einen der schweren Stühle an die Thür, und als der ermüdete Jäger darauf Platz genommen, und tief Athem holend die Ermüdung des Frühlingswetters fortgeblasen hatte, holte sie sich eine kleine Fußbank und setzte sich vor ihm nieder. Es war die Zeit der Abenddämmerung, die warme, würzige Frühlingsluft wogte weich aus dem Garten, dessen grüne Blüthenbäume im Abendscheine glänzten und flüsterten. Hektor hatte seinen Kopf auf Gustavs Knie gelegt, und es mochte ein artiges Bild sein, vom Garten aus die Gruppe zu sehen, welche auf dem Hintergrunde des barocken Zimmerchens sich noch wunderlicher ausnahm. Der schlanke Jäger mit der Büchse und dem grünen Jagdrocke, Wlaska im leichten dunkelrothen Kleide, den einen glatten Arm auf Hektors Hals legend, mit dem andern auf Gustavs Knie sich stützend und zu ihm aufsehend. –

Das sanguinische Mädchen ward indessen bald von ihrem Temperamente übereilt, der feine Duft und Zauber einer Neigung, welche noch immer das entscheidende Wort vermieden hat, existierte nicht für sie, das mädchenhaft Zurückhaltende war in ihr übersprungen durch stete Beschäftigung mit excentrischen Gebilden und Ausdrücken – sie fiel am Ende Gustav wirklich um den Hals, schluchzte, weinte und rief dazwischen, daß sie ihn mit unwiderstehlicher Allgewalt liebe. Hektor bellte, Gustav nahm es hin, wie man die Liebkosungen eines Kindes aufnimmt, nur mit dem Unterschiede, daß solch ein Empfangen von seiner Seite nicht Produkt der Reflexion war, er dachte nur eben nichts Weiteres dabei. Eine Liebesneigung war nicht da, die Sinnlichkeit lag noch ohne Augen in ihm, wenn sie auch bereits existirte – so kam's, daß ihm der Zustand wohl ein leichtes Behagen weckte, daß er eine harmlose Tändelei für die Leidenschaft zurückgab, dem Mädchen Wange und Nacken streichelte, und ihren feurigen Kuß auf die Lippen dulden mochte. –

In dem Augenblicke öffnete sich die innere Thür des Zimmers, welche nach dem Hause führte, Hektor sprang auf und bellte noch lauter, Wlaska's Papa mit der langen Pfeife erschien auf der Schwelle. Er blies eine gute Wolke aus dem Munde, hob die Pfeife einen Moment lang völlig aus den Zähnen, und lächelte verschmitzt über das ganze Gesicht; dann fand die Pfeife wieder den alten Weg, er wandte sich zum Abgehn, und sprach: Kinderchen laßt euch nicht stören!

5.

Den nächsten Tag gab's Viel zu thun und des Abends so viel zu rechnen, daß Gustav nicht ausgehen konnte. Am folgenden kam ein Geschäftsbesuch, welcher bis spät in Anspruch nahm, und als Gustav endlich am eichenen Tische neben der Tante saß, den Tagesabschluß gemacht hatte, und eben aufstehn wollte, um fortzugehn, da sagte diese: Lieber Gustav, bleib doch noch einen Augenblick, ich möchte dich gern was fragen – und nun erzählte sie ihm denn, wie seit gestern das Städtchen davon erfüllt sei, daß Gustav eine Liebschaft mit der kleinen Wlaska habe, daß man das Paar sehr hübsch finde, und nur über das Verschieben der Hochzeit sein Bedauern äußere. Denn man wollte es auch schon wissen, was die Tante dazu gesagt, und wie sie zwei Jahre Brautstand verlangt habe, auf den Sonntag aber sei schon der erste Kaffee bei ihr, und die nahen und fernen Verwandten Wlaska's beschäftigten sich lebhaft mit der Frage, wer von ihnen eingeladen werden dürfte. Wlaska's Vater rauche seit gestern um zehn Kreuzer aufs Pfund kostspieligern Tabak, und habe zum Nachbar Krämer gesagt, nun werde der Cichorien ganz abgeschafft für seinen Kaffee.

Die Tante hatte Mühe, Gustav all diese Dinge begreiflich zu machen; er erzählte ihr Alles, was vorgefallen, wäre aber in seiner Arglosigkeit niemals auf solche Schlüsse gerathen. Eine Heirath mit Wlaska? für die Möglichkeit eines solchen Gedankens gab's in dem Wesen, das bis jetzt an ihm ausgebildet war, nicht den kleinsten Zugang. Er lachte, und nannte es dummes Zeug. Die Tante aber nahm es ernsthafter, gab ihm den Schlüssel zum Schreibsekretaire, und hieß ihn ein Papier herauslangen – »ich habe dir's bis jetzt verschwiegen,« sagte sie, »aber diese Geschichte treibt mich nun selbst. Sie machen uns vom Gubernium Schwierigkeiten, daß du, der die Kaufmannschaft nicht erlernt habe, unserm Geschäfte vorstehen sollest; der Neid ist immer geschäftig. Unser Mandatarius hat mir nun schon seit mehreren Monaten vorgeschlagen, Dich nach Prag zu schicken, bei einem großen Hause einzustellen, und auf diesem Wege nach einiger Zeit möglich zu machen, daß Du als ein gelernter Kaufmann in das Gremium aufgenommen werdest. Ich habe in den Nächten hin und her gesonnen, wie das anders anzufangen sei, denn ich wollte Dich, meinen lieben Sohn, nicht gern von mir lassen; der liebe Gott scheint's aber selbst zu wollen, und schickt uns die fatale Mädchengeschichte, ich will mich einzurichten suchen, so gut es gehen will, und Du magst morgen nach Prag reisen.«

Gustav wußte nicht, wie er sich äußern wollte; die große Stadt mit ihren Freuden und Abwechselungen, mit ihren großen Verhältnissen lockte ihn gar sehr, aber er fühlte doch auch recht betrübt, wie er die gute, liebe Tante nicht wohl verlassen könne, und er hatte so viel Güte des Herzens, dies einen Augenblick ohne Rückhalt auszusprechen. Die Tante weinte und küßte ihn, und sagte, er sollt's nur gut sein lassen, er könne ja alle Wochen einmal herauskommen aus der Stadt. Der jugendliche Lebensdrang war auch zu mächtig in ihm, als daß er sich ernstlicher gesträubt hätte. Indessen meinte er entschieden – die Geschäfte waren nämlich bis jetzt das einzige, worin er bestimmte Gründe, Absichten und Willensmeinungen hatte – sie könne nicht mit der ganzen Verwaltung allein bleiben, das bestritte sie nicht, und überhaupt müßte ihr doch ein verwandter Mensch zur Hand sein. Ein Cousin, Namens Louis, der schon einige Mal zum Besuch dagewesen war, und sich immer sehr bescheiden und anstellig bewiesen hatte, sollte in's Haus genommen und zur Verwaltung unterer Branchen angestellt werden.

Die Tante hatte dazu nicht rechte Lust, und meinte: »lassen wir uns nicht mit der Familie ein, da laden wir uns gleich eine gar zu große Menge Schmarotzer auf, diese Leute beneiden Dir ohnedies das

Bischen Erbschaft, und wenn sie Dir auch nichts schaden können, so legen sie doch hie und da ein schlechtes Ei in die Wirthschaft. Arme Verwandte sind lauter Gläubiger, und der Louis hat mir niemals ein rechtes Zutrauen eingeflößt, er hat kein treuherziges Auge; lassen wir nur die Sache vor der Hand; was durchaus Noth thun soll, das wird sich schicken.« –

Gustav küßte die Tante, sie sprachen noch Allerlei von der Wirthschaft, gingen mit einander noch einmal das Testament durch, was schon lange angefertigt war und worin sich die Verwandten mit mancherlei hübschen Dingen bedacht finden sollten; dann legte es die Tante auf den alten verborgenen Fleck im Schreibsekretair, und sagte, was sie schon hundertmal gesagt hatte, Gustav solle sich auch ja das Plätzchen merken, wenn etwa der Herr einmal unversehens ein End' mit ihr machen solle, der Husten sei gar zu bös. –

Gustav beschwichtigte das wie immer mit Beweisen, die abgelehnt und doch gern gehört werden; sie trennten sich, um schlafen zu gehn, und frühzeitig am andern Morgen fuhr er gegen Prag. Hektor bellte lustig neben dem Wagen her.

6.

Er hatte keine Zeit, und um es offen zu gestehn, freilich auch keinen Drang gehabt, Wlaska etwas sagen zu lassen. Im Städtchen ward es bald ruchbar, Gustav sei für lange Zeit fort und beginne eine ganz andre Karriere; Wlaska's Vater theilte dies sehr bestürzt seiner Tochter mit, sie empfing die Nachricht aber ganz anders, als er erwartet hatte: ihre Augen leuchteten, sie empfand mit vollem Genüge ihre tragische Situation. Es ging in der Woche zweimal ein Bote vom Städtchen nach Prag, dieser empfing in den ersten Wochen jedesmal zwei dicke Briefe an Gustav. Dieser wußte nicht recht, was er mit den überschwenglichen Dingen anfangen sollte, zu antworten hatte er darauf gar nichts, und trug in der ersten Zeit dem Boten Grüße auf für Wlaska. Später las er sie gar nicht mehr, bestellte auch keine Grüße, und Wlaska war nun der festen Ueberzeugung, die Briefe würden aufgefangen, man intriguire gegen ihr Glück, das Schicksal sei gegen sie, ein großartiges, entschiedenes Unglück sei ihr geworden, und das müsse nun mit aller Würde genossen werden. Sie zog sich von allem Umgange zurück, und kleidete sich schwarz. –

Gustav lebte in einem großen Kaufmannshause, mehr wie ein Gast, als wie ein Lernender behandelt. Er ward zu allen Gesellschaften gezogen, und es war leicht zu erkennen, daß die Frau seines Prinzipals eine Verbindung zwischen ihm und einer ihrer jungen Töchter sehr wünschenswerth gefunden hätte. Diese Töchter waren artige Mädchen – Gustav war auch wirklich so einförmig geartet, daß er hier einen solchen Heurathsbezug auf der Stelle erkannte, wie er ihm bei Wlaska durchaus fremd geblieben war. Er wußte, daß hier angemessene, gleiche Verhältnisse seien, und nur auf solchem Niveau war seine Phantasie thätig.

Uebrigens mögen wir doch ja nicht glauben, daß diese Erscheinung selten sei – die gegentheilige ist sogar Ausnahme. Die Trivialität derselben abgerechnet beruht sie auf sicheren und schweren Gründen: – außerhalb des Gleichartigen und Verwandten bewegt sich nur der schöpferische und bildende Mensch mit günstigem Erfolge, der unbedeutende, welcher in einer Erregtheit, einem Rausche seinen Kreis verläßt, wird unglücklich.

Der Bezug war da in Gustav, aber die Mädchen hatten sonst nichts Fesselndes für ihn; denn hier in den gleichen Verhältnissen finden wir ihn ganz klar und unbestochen, er kannte seine günstige Stellung zur Gesellschaft vollkommen, und wollte ruhig abwarten, ob eine Notwendigkeit, ein Drang des Herzens eintreten werde, wovon er in Büchern gelesen, wovon ja auch die kleine Wlaska gesprochen, wie er sich lächelnd manchmal erinnerte.

Allwöchentlich besuchte er die Tante, zog wirklich den Cousin Louis hinzu, um die Last des Geschäftes ihr zu erleichtern, war frisch, fröhlich, und hatte wohl auch hie und da, wenn er an einem schönen Sommermorgen mit den prächtigen raschen Pferden nach Prag zurückbrauste, einen religiösen Moment, das heißt, er dankte Gott, daß er ihn so glücklich gemacht habe.

Seine Prinzipalin machte ein Haus, und sah mehrere Abende in der Woche Gesellschaft bei sich, die Töchter hatten viele Talente ausgebildet, besonders musikalische, Gustav hatte eine schöne Stimme, hörte gern über Theater und Politik sprechen, sprach selbst gern, und so fand er sich denn mannigfach betheiligt, und fehlte nie bei den Soiréen.

Es war oft die Rede von der schönen Tochter eines reichen Patriziers, deren Reiz, Talent und Reichthum überall gepriesen, die von einer großen Zahl Bewerber umringt wurde. Gustav hatte die gepriesene

Angélique nie gesehn; vielleicht war seine Prinzipalin daran schuld, welche eine mögliche Nebenbuhlerschaft so lange als es irgend anging, vermeiden wollte. Diesmal war Gustav gegen das Herkommen zeitig von der Tante zurückgekehrt, er hörte im Salon, daß Fräulein Angélique erwartet werde.

Ein junger Bekannter flüsterte ihm zu: das wäre eine Parthie für Dich, sieh, daß Du sie eroberst, sie heurathet nur nach Geschmack, Du bist ein schöner, stattlicher Bursche, versuch Dein Glück – sie muß dich schon gesehen haben, neulich scherzte eine alte Dame zu Angélique's Vater, und meinte, Du wärst eine Parthie für seine Tochter; der Alte lächelte, und Angélique, die sonst bei derlei Gelegenheiten sehr schnippisch ist, trat singend an's Fenster und tändelte mit ihrem Papagai. –

Der Bediente riß die Thüren auf, Angélique mit ihrer Mutter traten ein. Gustav war überrascht von der blendenden Schönheit des hoch gewachsenen, stattlichen Mädchens.

Angélique gehörte zu den jungen Damen unsrer jetzigen Gesellschaft, die nicht bloß durch ihr Aeußeres, nicht durch jenen geheimnißvollen Zug der Weiblichkeit, der uns Herz, Gemüth, Innigkeit verspricht, die Theilnahme und Neigung wecken, ihr Reiz ging viel mehr aus einem überraschenden Ensemble frischer Schönheit und frischen Geistes hervor. Alles in ihr war jung und lockend, und Niemand kam zu der Frage, von wo die Lockung stamme, die in diesem oder jenem Augenblicke den Mann befing.

Wenn eine Stadt gutes Glück hat, so wird sie in ihrem Damenkreise gemeinhin eine solche weibliche Erscheinung haben, welche die unbestrittene Herrschaft führt. Es wäre sehr falsch, diese ohne weiteres die Modedame zu nennen, obwohl sie nicht wohl' denkbar ist ohne erste Tonangeberin dessen, was gefällig ist. Aber sie gebietet keineswegs durch die Mode, diese ist ihr im Gegentheil unterthan wie alles Uebrige und nur Mittel und Werkzeug; solche weibliche Erscheinung herrscht lediglich durch ein Naturel, welches in seiner Mannigfaltigkeit und in den kraftvollen Elementen der einzelnen Befähigungen stark und überwältigend ist. Es mag sogar zugegeben werden, daß der einzelnen mächtigen Eigenschaften gar nicht so viele sind, trotz dem besiegt die Inhaberin derselben das Reichere neben sich, weil sie stets Alles koncentrirt und schlagfertig in Händen trägt. Vielleicht ist es das, was wir beim Manne Charakter und Energie nennen, und was also hier Charakter und Energie des Reizes heißen dürfte.

Oberflächliche, furchtsame und weiche Leute haben für solche Erscheinung ein stehendes Bedauern: sie sagen nämlich, das Gemüth und die Seele des Weibes komme immer dabei zu kurz, wenn dies in der modernen Welt eine solche Herrschaft ausübe. Oft ist's auch ein unerkannter Neid, der sich unfähig fühlt, solche Genialität zu erreichen. Jener vorgeworfene Mangel mag oft eintreten, aber er ist durchaus nicht nothwendig neben solchen Vorzügen.

Was Angélique betrifft, so kann vor der Hand auf das Für oder Wider des letzteren Punktes noch nicht eingegangen werden. Sie war ein fröhlich grünender Baum, der auf der Sonnenseite des Berges lustig und gedeihlich emporgewachsen war, seine spielenden Zweige lockten schon von Weitem, und wer in die Nähe kam, der fühlte das Wehen und den Hauch einer erquicklichen, kräftigenden Jugend. Haben doch Bäume und Mädchen so viel jungfräulich Verwandtes, die schauernde, lispelnde Birke und die kräftiger rauschende und doch seine Esche entsprechen gar oft der Mädchenweise. Zum Theil darum war ein schöner Hain von Bäumen den alten Völkern geheiligt und Ehrfurcht erweckend in seiner keuschen Schönheit.

Es war auch, als ob solch ein munter rauschender Eschenbaum in den Salon verpflanzt wäre, als Angélique eintrat, die Atmosphäre war frischer geworden, sogar die alten Herren am Spieltische kuckten auf, woher ihnen der Schirm gegen die eintönige Wärme, das muntre Wehen gekommen sei.

Da eben gesungen wurde, löste sie eilig den einförmig begleitenden Klaviermeister ab, entledigte sich rasch der Handschuhe, sah links zur sangslustigen Tochter des Hauses, rechts zu Gustav auf, die ein Duett vortragen wollten, und gab mit fröhlichem Neigen des Hauptes und der Augenlieder das Signal; mit Feuer und Präcision leitete sie das Musikstück und applaudirte am Ende selbst mit den Worten: Das haben wir sehr gut gemacht. Gustav ward ihr vorgestellt, sie sagte ihm Artiges über seine Stimme, und ermunterte ihn, die Ausbildung derselben sich angelegen sein zu lassen – in diesem Ermahnenden lag so viel didaktische Ueberhebung, daß mancher andere, geprüftere Mann gelächelt hätte. Diese zuversichtliche Manier war dem Mädchen eigen, und Gustav war so berauscht von der ganzen Erscheinung, daß ihm solche Freiheit des Standpunktes indem Augenblicke gar nicht zu Diensten war.

Das Aeußere Angéliques erinnerte sehr an die geistreichen Frauenbilder aus Ludwigs XIV. Zeit, welche uns kecke Maler hinterlassen haben. Freilich täuscht man sich darin oft, eine wirklich charakteristische Erscheinung hat uns immer den Hintergrund, die Verwandtschaft eines Historischen; der Ahnentrieb liegt so tief in unsrer Seele, daß er uns selbst beim Eindrucke einer Schönheit zu Hülfe kommt.

Dem Leser sind wohl jene französischen Frauenköpfe begegnet, aus denen so viel witzige Anmuth, so viel gefälliger, feiner Reiz herausblickt: man kann bis zu François' Diana von Poitiers zurückgehen, aber bei der Maintenon möge man verweilen. Ungefähr wie dieser braune Locken um Schultern und Nacken flatterten, wie ihre weich und doch scharf geschnittenen Züge den geschmeidigen Geist und den innerlichst heiteren Sinn ausdrücken, den eine kecke Intrigue wohl auch so weit belustigen könne, daß sie zum Genusse keiner Mittheilung nöthig hat – beiläufig ein Zeichen der stärksten Geister – ungefähr dieser Art war Angélique's Kopf. Muthwille und Uebermuth saßen um den kleinen, ein wenig aufgeworfenen Mund, der Schalk und der schnelle Entschluß blitzten aus den glänzenden braunen Augen, die Nase war schmal und vornehm, der ganze Charakter des Körpers war längliche Schlankheit in Schultern, Taille, Händen und Füßen, aber so schwellend von fester Jugendfülle gestützt und umkleidet, daß sie den Eindruck eines üppig knospenden Frühlingstages machte. Einen Tag vorher ist die Natur noch zu spröde, einen Tag nachher schon zu weit auseinandergehend in Blüthe.

Die Leidenschaft kam wie ein Sturmwind über Gustav.

7.

Es war die erste; man ermesse also ihre Gewalt. Wir sagen gewöhnlich, der Mensch liebe nur einmal, weil wir nur diesen ersten unbeschreiblichen Eindruck zu rechnen verstehen, er kann eben so stark wiederkehren, aber er dünkt uns nicht mehr so stark, weil er nicht mehr neu ist; das Erste und Einzige ist uns stets eine unmittelbare Gotteshand.

Erste Liebe wirkt auch entschieden, wenn sie in Menschen aufgeht, die sich im Glücke glauben. Gustav kannte nun einmal sonst keine Beziehungen zur Welt, als daß sie wohl und schön geordnet sei für sein

Wohlbefinden, er fühlte es nicht so weit, daß es zum klaren Begriffe in ihm ausgebildet wäre, aber die Ueberzeugung war doch sein innres Wesen: Du bist glücklich, und was Du erstrebst und gewinnst, kann Dein Glück nur erhöhen.

Es war dies darum kein deutlicher Begriff in ihm, weil solch Glück eine Sache ist wie die Unschuld; man weiß nichts davon, lebt und webt und genießt aber in diesem Dunstkreise.

Mit allem Aufwande des Jugenddranges bewarb er sich um Angélique – es ist nicht von vornherein zu entscheiden, wie teilnehmend und tief die Gesinnung des Mädchens für ihn war, Gustav war ein blühend schöner Jüngling, die Leidenschaft erhöhte das Feuer seiner Wangen und Augen, ein zweifelloser Bezug steigert jede Persönlichkeit; ein junges Mädchen wird am Ende doch bei allem Verstande, welcher ihr übrigens zu Gebote stehen mag, von der äußeren Erscheinung, von der Sinnenmacht gefesselt – sie ließ ihn lächelnd gewähren in seinen unverkennbaren Aeußerungen, aber sie gab sich auf keine Weise hin. Sie tändelte, tadelte, bildete, wie es eben kam. Gustav war in Allem jung, er sollte ein Mann werden, sagte sie, mit allen Fertigkeiten, Kenntnissen und gerechten Ansprüchen eines solchen. Das wirkte gewaltig und spornend auf ihn, er trieb Sprachen, Musik und dergleichen, und wenn er sich nun mit diesem oder jenem Resultate am Ziele glaubte, so lachte sie ihn aus, und sprach bald darauf ernsthaft: Aber, lieber Freund, das sind Alles Spielereien, ein Mann muß die Geschäfte der Welt kennen, Wissenschaft, Politik muß er beherrschen, um sein spezielles Geschäft von allen Seiten zu sichern und zu fördern. Nun begann eine Reihe neuer Anstrengungen für unseren Liebhaber – freilich blieben sie stets auf einer gewissen Oberfläche; denn die Berufung mit denselben ging auf ein leichtsinniges Mädchen, die doch am Ende selbst nichts Rechtes wußte, und im Grunde befriedigt war, ihre Anregungen wirksam, und somit ihrer Eitelkeit gewährt zu sehen.

Auf diese Weise verstrich ein halbes Jahr, es war Herbst geworden, die Blätter fielen langsam von den Bäumen. An einem sonnigen Nachmittage saß er bei ihr, und bat sie um Liebe. Angélique malte eine Landschaft, und war den Tag weniger spottlustig als in der Regel, sie sah manchmal ganz ernsthaft und innig von ihrer Arbeit auf, und blickte Gustav in die Augen, der auf dem Stuhle neben ihr saß. Ja, sie reichte ihm, was in dem bisherigen Verhältnisse eine Seltenheit geblieben war, die Hand, und er durfte sie mit Küssen bedecken.

»Sie sind ein lieber Narr,« sagte Angélique in der österreichischen Ausdrucksweise, »aber zu stürmisch, zu ungemessen.« –

Angélique! rief dieser, und sprang vom Sessel auf. –

In dem Augenblicke ward die Thür geöffnet, der Bediente trat ein, und meldete, daß eine junge Dame Herrn von Dorn zu sprechen wünsche.

Eine junge Dame? rief Angélique und Gustav gleichzeitig. Der Bediente erlaubte sich ein dreistes Lächeln, und sagte: sie sieht etwas wunderlich aus, etwa wie eine aus dem Theater, aber thut sehr pressirt. –

Es wird ihnen nicht wünschenswerth sein, unterbrach Angélique den Diener, Herr Dorn, die Dame in meiner Gegenwart zu sprechen – Johann, führe sie in den Saal –

Der Diener ging.

Ich begreife nicht, sagte Gustav –

»Seien Sie galant, mein Herr, und lassen Sie die Dame nicht warten, wenn's Ihnen auch bei dieser Situation unbequem ist – schweigen Sie, schweigen Sie, ich bin ohne Versicherung überzeugt, daß Sie nicht den Ort des Rendezvous gewählt haben« –

Angélique ging aus dem Zimmer, Gustav zur andern Thür nach dem Saale; er wußte in Gottes weiter Welt nicht, wer die Dame sein könne.

Es war Wlaska. Sie eilte ihm stürmisch entgegen, und es ereignete sich, was man eine Scene nennt. Gustav begriff lange nicht, um was es sich denn eigentlich handle, ihre Briefe hatte er gar nicht mehr gelesen und seit langer Zeit waren sie auch völlig ausgeblieben. Jetzt, durch seine Neigung für Angélique, war nun wohl seine frühere allzu große Harmlosigkeit einem Mädchen gegenüber verschwunden, und er begriff mehr als er früher begriffen hatte, die Anschauungsweise des Mädchens aber, welche sich kund gab und welche ein durch Intriguen und Verhältnisse bedrohtes Liebesbündniß vor Augen hatte, entriß ihm doch einen Ruf des Unwillens und harter Weise, den Wlaska vielleicht nie gehört hätte, wäre sie nicht eben zu so ungelegener Zeit und an so ungelegenem Orte erschienen. Kaum war er Gustav entschlüpft, so begab sich die auffallendste Verwandlung mit dem armen Mädchen, sie ward todtenbleich, trat einen Schritt zurück, schwieg eine Weile, und war dann plötzlich, während Gustav ärgerlich an's Fenster getreten war, aus dem Saale verschwunden. Er hörte die Thüre schallen, sah beim Umwenden Niemand mehr, und stand zerstreut, unschlüssig, verlegen in dem leeren Raume. Dies fühlte er doch, daß er ein Unheil angerichtet hatte, obwohl er sich nicht zu sagen wußte, wie und auf welche Weise es geschehn, wie und auf welche Weise es zu vermeiden gewesen wäre.

Uebel gestimmt ging er zurück nach Angéliques Zimmer – der Bediente trat ihm mit den Worten entgegen, das Fräulein sei ausgegangen.

8.

Das Fräulein war auch in den nächsten Tagen immer ausgegangen, wenn er anfragte, er war in der betrübtesten Lage, in jener Lage der bornirtesten Verliebtheit, wo die ganze Welt nicht die kleinste Unterhaltung bietet ohne die Dame unsers Herzens. Wir begreifen die Welt nicht, wie sie Interessen haben kann von dieser oder jener Weise, wir vertauschen ruhelos einen Ort mit dem anderen, wir stehen kaum den nothwendigsten Fragen Rede, und sagen uns verdrießlich: wozu kommen die Leute zusammen, was haben sie mit einander zu thun, wenn sie sich nicht lieben, warum sind sie alle langweilig?

Der Zustand einer schönen Liebe ist sehr verschieden von einem solchen, wo wir in gestörter Leidenschaft uns bewegen; Liebesverhältnisse haben überhaupt tausend Schattirungen nach außen. Wenn die Geliebte verreist, oder wir durch unübersteigliche Hindernisse für den Augenblick von ihr geschieden sind, dann sind wir ruhiger, die Menschen, wenigstens die guten, existiren für uns, wir mögen sogar sanft und leutselig sein – unruhiger geberden wir uns schon, wenn zudringliche Gesellschaft, wenn Störnisse, die zu überwinden waren, die Trennung herbeiführen, völlig unbrauchbar für alle Welt, wenn wir Mißverständnisse zwischen uns und der Geliebten ahnen oder wissen, wenn die Geliebte selbst uns fern hält. So wie jedwedes Ding sein eigener ärgster Feind sein kann, so auch die Liebe: sie selbst kann sich am Unliebenswerthsten machen; Anderes gegen Anderes kann nie so gewaltig sein.

Gustav wußte nicht, wo er mit Zeit und Besorgniß hin sollte; nun kamen wie immer die guten Freunde hinzu, und peinigten ihn mit Theilnahme und mit Gerüchten. Ob es denn wahr sei, daß sich ein schönes braunes Mädchen in ihn verliebt habe und drüber verrückt geworden sei, und sich ein Leides angethan? –

Woher dies Gerücht, was offenbar mit Wlaska im Zusammenhange stand? Ja, woher plötzlich die Regenwolke am Himmel? Gerüchte sind wie Wolken, plötzlich gebildet aus Dünsten, die Niemand bemerkt hat.

Gustav's Herz fand sich denn auch gedrängt, nach Wlaska sich umzusehn, er fühlte wohl, daß er so etwas von Beruf dazu empfinden müsse – aber wie? wo? und wenn Angélique erfährt, daß Du sonstwo noch mit ihr zusammengekommen, und das rücksichtslose Mädchen macht Dir am Ende im Wirthshause, auf der Straße noch eine Scene – das wäre Dein Tod. –

Wer mag es zählen, wie oft kleine Konvenienzsorgen die heiligsten Pflichten uns versäumen lassen! Wer mag den ersten Stein aufheben! Im Allgemeinen ist die Konvenienz ein wirkliches, hohes Civilisationsgesetz, und nur die Rohheit widerstrebt ihm – in einzelnen Fällen, wo die ewigen, über alles Verhältniß erhabenen Forderungen des Menschen in Rede kommen, wer ist genügend vorbereitet, gesund poetisch und tüchtig gebildet, und muthig und stark genug, um den Augenblick zu erkennen und zu ergreifen!? Ach, nur dieser und jener. Ist es doch selbst Goethe begegnet, daß er dasjenige unglückliche Weib, Mad. Guachet, die angebliche Prinzessin Bourbon Conti, die ihm den hohen, schönen Schmerz einer Tragödie, der natürlichen Tochter, im Busen erregt hatte, daß er dies Weib von seiner Schwelle wies, weil sie unpassend, ungelegen, unerkannt ihm nahe kam. Giebt's etwas Tragischeres, als wenn auf diese Weise im blinden Schlafe die Mutter ihren eigenen Schooß schlägt? Und täglich sind wir dieser Situation feinen gesellschaftlichen Unglücks ausgesetzt.

Gustav hatte nicht den Muth, sich nach Wlaska umzusehn.

Der Tag war da, wo er zur Tante hinausfahren mußte, er hatte Angélique nicht gesehen, sie hatte ihn nicht angenommen; das Herz drängte ihn, sich auszuschütten, er schrieb einen langen Brief, worin er ihr Alles erzählte, was er wußte. Die Geschichte mit Wlaska ward freilich sehr verworren, denn er wußte selbst kaum, was es für eine Geschichte sei – den Brief schickte er hin, und fuhr über Land.

Im Städtchen fand er Alles in Aufregung über das plötzliche Wlaska's Verschwinden – ihr Vater war zur Tante gekommen, ob sie davon wüßte, ob sie bei Gustav sei, und wie sich denken läßt, war diese Anfrage unzart genug erfolgt. Die Tante war äußerst alterirt, und Gustav ward mit ungewöhnlich lebhafter Ansprache empfangen.

Er hatte indessen keine Ruhe, und reiste früher als sonst nach der Stadt zurück: mit Herzklopfen trat er in sein Zimmer, er hoffte, wenigstens ein Paar Zeilen Antwort von Angélique vorzufinden, auf das Dringendste hatte er sie darum gebeten.

Aber es war nichts angekommen – geraden Weges ging er in das Haus ihrer Eltern, er kann nicht bestehn in diesem unsichern Zustande; das Kammermädchen war auf dem Saale – »ist das Fräulein zu Hause?«

Aufzuwarten –

»Melden Sie mich« –

Das Mädchen kam verlegen zurück, und sagte – »sie ist nicht zu Hause.«

Ich hab sie ja am Fenster gesehn –

»Das kann wohl sein, sie ist aber nicht zu Hause.« –

Gustav ging rasch an dem Mädchen vorüber ins Zimmer hinein – Angélique stand inmitten desselben – mein Gott, sagte sie, die Arme aufhebend, was sind Sie zudringlich, – und ging rasch in's Nebengemach.

Das war zu viel; er wollte auch gesehen haben, daß ein leichtes Lächeln dabei um ihren scharfen, schönen Mund gespielt habe – obenein verhöhnt zu sein! das überwältigte ihn, die Thränen stürzten ihm aus den Augen, seit früher Kindheit vielleicht zum ersten Male. Er setzte sich einen Augenblick auf's Sofa, und starrte vor sich hin – dann ging er heim auf sein Zimmer, verschloß es und warf sich aufs Bett, das Gesicht in die Kissen drückend, nichts, nichts wollte er sehen.

Es war gegen Abend, und er schlief wirklich ein.

Tief in der Nacht ward er wieder munter, Mondschein lag auf Straßen und Dächern mit all jener stillen, kühlen Einsamkeit, welche uns die Welt verödet, ausgestorben, ohne Blut und Herze erscheinen läßt. Gustav glaubte, sehr unglücklich zu sein – er stieg hinab auf die Straße, ging nach der Moldaubrücke, und sah in die Fluth hinab.

Alte, historische Städte, wie Prag eine ist, haben eine eigenthümliche geheimnißvolle Macht in solcher Stunde und Beleuchtung, die Fenster des Hradczin, des alten Königsschlosses und all der Pallaste auf der Kleinseite flimmerten in den Mondesstrahlen, dem auch sonst unaufmerksamen Menschen drängt sich ein Bezug zur Welt, zur Geschichte, zum alten, großen Weltschmerze derselben auf – eine neue, geradlinige Stadt macht einen andern Eindruck: man kommt sich öder, verwüsteter, von jedem Anhalt verlassen vor. Gustav lehnte sich an die Nepomuckstatue und weinte sanft und leise, und dachte bei sich: Du bist doch viel unglücklicher als alle die großen Herren, die da oben am Berge gelebt und gelitten haben, wie der Pater Professor erzählt, ach, viel unglücklicher! was nützt Dir nun Alles, was Du hast und besitzest auf der Welt – Deinen Engel hast Du doch verloren.

Die Moldau plätscherte unter der Brücke, ein Nachtwind flog mit breiten, schweren Schwingen drüber hin – Gustav schauerte und ging wieder heim.

9.

Der nächste Tag war ein Sonntag, für einen traurigen Christen in einer christlichen Stadt der traurigste Tag, die Melancholie selber; die Straßen sind rein gefegt und öde, wie Grabstätten; Geschäft und menschlicher Verkehr schweigen, die Leute sind in den Kirchen, die Glocken klingen von nah und fern, so wie sie klingen, wenn ein Verstorbener hinausgetragen wird, der Sonnenschein quillt still und weiß über einzelne Häusergiebel, fällt hie und da wie ein Keuschheitsschleier in die Gasse, ein Bettelkind schleicht nach Kräften geputzt, also tragischer aussehend als in seiner Amtstracht, vorüber.

Gustav's Wohnzimmer war zu eb'ner Erde, er saß am Fenster, das mit kraus gewundenen, weit ausgebauschten Gittern versehen war. Tief versenkt in die Melancholie des Moments starrte er auf die fabelhaften Figuren der Fensterstäbe, die ihre Fratzen vor seinen Sinnen spielten, als ob er im Fieber läge – die Glocken, die Glocken! sagte er leise, sie klingen zum Begräbnisse meines Herzens.–

Da kam ein Wagen die Straße herauf gerasselt, schnell, stürmisch, es klang wie Frivolität, wie Hohn zur übrigen Umgebung – ein offener Landau war's, Angélique saß darin, strahlend, blendend wie eine Göttin, die braunen Locken flatterten im spielenden Sonnenwinde unter dem leichten Strohhute hervor. Gustav schrak zusammen, als ob ein Schuß sein Herz getroffen hätte – junge Liebe und Verliebtheit erschrickt stets im ersten Momente, wo der geliebte Anblick unvermuthet sich darstellt. Der Wagen hielt eben am Hause, Gustav fuhr halb zitternd am Sessel auf; aber Angélique winkte nach dem ersten Stock hinauf, er hörte oben hin- und herlaufen, Thüren werfen, es kam die Treppe herunter, die Töchter seines Prinzipals stiegen zu ihr in den Wagen.

Sie hatte nur einmal flüchtig in das Parterrezimmer gesehn, nur mit einem halben Blick, und wie lachte und scherzte sie mit diesen gleichgültigen Freundinnen, ehe die Sitze arrangirt waren! Er wußte es nicht, daß Frauenzimmer geselliges Reden und Lachen bei der Hand haben, auch wenn sie eben bis in die Seele hinein bewegt sind, es ist ihnen dies so geläufig und ohne Zusammenhang mit dem innersten Menschen wie das Stricken, wenn sie Tragödien vorlesen hören, und weinen und bewegt sind.

Der Wagen verschwand – nun war die Stadt erst öde, ein bloßer Steinhaufe – die Traurigkeit ward zur Ungeduld, zum weinenden Trotze, er lief selbst in den Stall und sattelte sein Pferd und schwang sich darauf. Zu gutem Glück begegnete ihm der Kutscher im Hausflur, und erinnerte ihn daran, daß er den Hut vergessen habe.

Rasch war er durch die Straße geflogen, draußen auf der Höhe sah er in geringer Entfernung den Wagen Angélique's – wer hatte die Zügel geführt, wer hatte den Weg eingeschlagen nach dem Landhause, was Angélique's Vater gehörte, wann war dieser ganze Ideengang in ihm thätig gewesen, daß sie dorthin führe, daß er dorthin reiten müsse? Er schalt sich selbst; nicht um die Welt mochte er jetzt von ihr gesehen sein, er schalt sein Pferd; jener Stolz oder Trotz Verliebter war in ihm erwacht, der nicht mehr den ersten Schritt thun, der kein Gefühl, auch nicht das kleinste eines unbedeutenden Antheils verrathen will, der aber um alle Straßenecken, durch weite Länder dem geliebten Gegenstande nachschleicht, und immer höchstens einen Schritt weit vor ihm verborgen sein möchte, jener Trotz, der im innersten Herzen nichts wünscht, als mit Thränen und Seligkeit die eigne Demüthigung bekennen, das äußere Wesen abbitten zu dürfen.

Gustav jagte wie toll in ein kleines Gehölz, was seitwärts lag – es wäre entsetzlich, wenn sie dich sähen? dachte er, und als er unter den Bäumen angekommen war, sich umgeschaut und gesehen hatte, daß der Wagen in weiter Ferne neutral fortrollte, da stieg ein kindischer Grimm in ihm auf – ein andrer Gustav als der reitende hatte nämlich gedacht: sie sollen mich sehn, sollen umkehren, über Gräben und Verhaue mir nachfahren, mich zu sich in den Wagen bitten. –

Höchst unglücklich stieg er vom Pferde und warf sich in's Gras, und gab sich, wie er glaubte, der Verzweiflung hin.

Verliebtsein gleicht in sehr vielen Bewegungen dem Theile unserer Kindheit, wo wir die ersten Momente verletzten Ehrgefühls, bestimmt abgesonderter Theilnahme empfinden, jener Zeit, wo excentrische Opfer vor unserer Phantasie auftauchen, wo wir uns todt im Sarge sehn möchten, damit die gleichgültigen Unsrigen, damit ein süßes Wesen, das uns ignorirt, erkennen und aussprechen möchten, was sie an uns verloren. Wäre das erst geschehn, weinte Alles erst gehörig, dann wollten wir aufwachen, liebevoll verzeihn und wieder leben.

So ging's in Gustav her. Trat ein ruhigerer Moment ein, dann stellte sich die Noth wieder vor Augen, daß er durchaus nicht wußte, was er mit dem Tage, just mit diesem Tage machen sollte, wo Angélique nicht in Prag, und übrigens Sonntag sei, wo Angélique hier außen in Gottes grüner Welt den uninteressanten Leuten zum Vergnügen lebe.

Das ist ein Hauptstachel dieses Zustandes: wir würdigen den Werth der Zeit, des Augenblicks, der Gelegenheit nie in solchem Maße, als wenn wir im Aerger aufpassen, wie glücklich wir bei so und so bewandten Umständen um diese und diese Zeit sein könnten. In den Stunden, wo der Sitte, dem Gebrauche nach ein Zusammensein mit der Geliebten nicht möglich ist, leiden wir weniger.

Und jetzt lag ein so langer, ergiebiger Sonntag vor ihm – ich will hinreiten, rief er plötzlich aus, und sprang in die Höhe; sie können mich nicht fortjagen – da entdeckte er, daß sein Pferd fortgelaufen sei, der Paroxismus hatte die einfache Handlung des Anbindens übersehen. Das Schicksal wollte also nicht, und er konnte von Neuem im Grase verzweifeln.

Die Natur, herausgefordert durch die größtentheils durchwachte Nacht, erbarmte sich seiner; er schlief ein.

Die Mücken und Käfer schwirrten über ihn, ein Vogel pfiff auf dem nächsten Baume sein lustiges Lied, der Sonnenschein glitzerte durch die grünen Zweige – wer den blühenden Schäfer sah, hätte in Ewigkeit nicht an Unglück und Weh gedacht.

10.

Gegen Abend war Gustav wieder zu Hause, fand sich ein wenig gestärkt und viel besonnener, und er hatte doch auch schon die Unbefangenheit wieder, daß er an Außendingen so weit Interesse nehmen konnte, um sich nach seinem Pferde zu erkundigen, und mit Zufriedenheit anzuhören, es sei glücklich heimgekommen.

Eine leise Bewegung erhob sich zwar von Neuem in ihm, als der Wagen vom Lande heimkehrte, und am Thorwege still hielt, und sie ward noch lebhafter, als die Frau Prinzipalin die Einladung schickte, mit der Familie im Garten den Thee zu trinken, oder wie sie nach Art gut erzogener Leute sagen ließ: den Thee zu nehmen, und mit ihnen zu soupiren.

War Angélique da? Sollte er gehen? Jener männliche Trotz, der sich bei solcher Gelegenheit einstellt, und den wir gegen uns selbst für Starke ausgeben, ließ ihn Ja sagen.

So glaubte er wenigstens; es war aber im Grund nur die Hoffnung, Angélique zu sehen, ohne daß es den Anschein hätte, als ob er sie aufgesucht.

Die Frau Prinzipalin hatte auch ihre guten Gründe; es war ihr bekannt, daß Gustav's Verhältniß zu Angélique, was sich so lebhaft angesponnen hatte, zersprengt war, der Moment schien ihr günstig, sein liebebedürftig Herz anderswie zu versorgen. Hulda, ihre Aelteste, sah just so angenehm echauffirt aus von der Landpartie, Angélique war im Begriff, nach Hause zu gehn, sie wollte nur rasch eine neue Musik probiren, welche Hulda bekommen, und ihr sehr angepriesen hatte.

Die Frau Prinzipalin empfing Gustav allein im Garten, erkundigte sich theilnehmend nach seinem Befinden, und versicherte, ihre Töchter würden sogleich erscheinen, man wollte nach langer Zeit wieder einmal den Abend en famille behaglich und gemüthlich zubringen, die Witterung sei schön, bis Neune ginge es ohne Erkältung im Freien, und dann soupirte man oben.

Kichern, Lachen, Geschwätz in der Ferne, die Mädchen kamen, jede hatte einen Arm von Angélique gefaßt, – »wir haben sie nicht fortgelassen, Mama« riefen beide – Mama lächelte, und schlug vor, einen Bedienten an Angélique's Eltern zu schicken, damit sie wüßten.

Angélique fand das nicht nöthig. Sie war so harmlos, als ob zwischen ihr und Gustav gar nichts vorgefallen sei, die beiden jungen Leute redeten einander zwar nicht an, aber ein Fremder hätte das für Zufall halten können. Im Uebrigen sprachen beide sehr viel, und es gab eine äußerst belebte Unterhaltung. Wenn wir das Beste in uns zugedeckt zurückzuhalten glauben, dann geben wir alles Andere um so freigebiger und bereitwilliger hin, um jenes Verbergen nicht entdecken zu lassen.

Aber Gustav litt unsäglich dabei. Dem Manne ist die Geselligkeit mit ihren Formen nie so wichtig als der Frau, er opfert ihr nur im Nothfalle und dann meist ungeschickt seine besten Wünsche und Neigungen, ein junger Mann, der nicht in strenger Etikette wie in einem Kultus aufgezogen ist, vermag dies noch weniger; ein leidenschaftlich Verliebter wie Gustav gar nicht, er begriff es nimmermehr, daß ein Weib mit teilnehmendem Herzen dies der Gesellschaft wegen Stunde lang verbergen könne; darum peinigt ihn Angélique's Unbefangenheit entsetzlich. Aber es ist dies Verhältniß ein ganz anderes bei den Frauen: die Geselligkeit, der Umgang ist ihre nächste, wichtigste Welt, der sie jedes Opfer schuldig zu sein glauben, der sie es meist ohne Frage bringen. Vielleicht hatte Angélique auch andere Rückgedanken, vielleicht kannte sie Gustav's Leidenschaft, und wußte, daß sie dadurch nur zu steigern sei, vielleicht hatte sie nie etwas für ihn empfunden. Bei geistreichen, lebhaften Weltdamen liegen die Gegensätze so dicht neben einander, daß man nicht so leicht ein Urtheil fällen kann; haben solche Damen erst länger und mannigfache Erfahrungen des Bezugs, der Neigung gemacht, dann sind sie selbst keine kompetenten Richter mehr, die eigne Mannigfaltigkeit hat sie irre oder sorglos gemacht, die Natur tritt in ihre Rechte des ewigen Sieges. Sehen wir es doch oft genug, daß eine kokette oder blasirte Dame, die täglich gespielt hat, plötzlich von einer leidenschaftlichen, unwiderstehlichen Neigung übereilt ist, deren sie nicht Herrin werden kann, die das Aergste mit ihr beginnt.

Angélique mußte Gustav einen Teller reichen, die Finger berührten sich flüchtig, es flog wie ein elektrischer Funke durch ihn, Angélique ward roth – war sie vielleicht durch die Spannung in ein gereiztes Interesse hineingerathen, oder hegte sie wirklich in der Tiefe eine ernste Neigung für ihn? Ja, wer es dem glatten Wasserspiegel ansehen könnte, wie weit es bis zu dem klar heraufschimmernden Grunde sei!

Man ging in die Zimmer hinauf; Gustav war etwas muthiger geworden, Angélique stiller; die jüngste Tochter des Hauses war jetzt mit Muthwillen und Scherzen Sprecherin, sie war noch ein junges unbekümmertes Blut, man ließ sie gewähren, und ihre jugendliche Art machte den besten Eindruck.

Es ward spät, die Mutter verbarg kaum ihre Verdrießlichkeit, und es mochte ihr sehr ungelegen kommen, als die Kleine bei Angélique bettelte, das Liedchen zu singen, was sie in diesen Tagen von ihr gehört habe. »Ich versteh zwar nicht viel davon,« sagte sie, »aber Angélique singt es so hübsch, und sieht so hübsch dabei aus.« –

Damit hatte sie rasch das Zimmer verlassen, um die Noten zu holen; man schwieg bis sie wiederkam, und Angélique ohne Weiteres zum Flügel führte. Diese setzte sich mehr zögernd als gewöhnlich an's Instrument, ein Paar muntere Passagen schienen sie aber ganz in ihre stetige, heitere Stimmung zu bringen, und sie sang und spielte tändelnd:

Wie sie flattern, wie sie springen,
Die Gefühle, durch den Sinn,
Möchten lachen, möchten singen,
Wissen nicht, woher, wohin.

Und das Herz ist leicht beweget,
Schaukelt sich in kleiner Lust –
Was sich so behaglich reget,
Stammt es, geht's aus meiner Brust?

Immerhin, ob es mein eigen,
Ob es kommt wo anders her –
Seinem Reiz will ich mich neigen,
Glück entsteht von ungefähr.

Die Kleine klatschte, und bat um noch eins, Angélique schüttelte aber den Kopf, stand auf, und sagte: Es ist Zeit, nach Haus zu gehen, unser Bediente wird sich wohl hergefunden haben.

Die Kleine bat noch weiter, und setzte hinzu: Euren Johann, der draußen eingeschlafen war, hab' ich heimgeschickt, damit er bequemer schlafen könne, ach, Schlafen ist so süß – Herr Dorn ist ja da zur Begleitung. –

Das war ein geselliger Wetterschlag, der prasselnd traf – aber was ließ sich thun? die Kleine hatte es in ihrer Sorglosigkeit einmal so eingerichtet, Gustav sah sich bald auf der Straße neben Angélique. Keines von Beiden sprach – hätte man ihm vorher die Möglichkeit gezeigt, neben Angélique gehen zu dürfen, was würde er Alles dafür geboten, versprochen haben, jetzt stieg der männliche Trotz auf, da ihm ihre Nähe auf eine Strecke lang sicher war.

Aber die Strecke war nicht so groß; schon drohte das Haus in der Ferne – nun kam ihm die Angst, solch schöne Gelegenheit unwiederbringlich verloren zu sehn; er hatte gehofft, sie würde sich durch sein Schweigen nöthigen lassen, anzufangen. Aber die sonst Redelustige sah unbefangen in den Mond, der glänzend herabschien, sie kuckte wohl gar hie und da nach einem lichten Fenster, als ob es sie besonders interessire, daß dieser oder jener noch wach sei – Gustav mußte beginnen, sollte nicht alle Möglichkeit abgeschnitten werden.

Eben wollte er es wirklich, als sie sagte: Nun Sie machen ein gute Unterhaltung, warum sprechen Sie nicht?

Angélique!

»Was haben Sie?«

Was haben Sie?

Er faßte ihre Hand, die ohne Handschuh und pulsirend in der seinigen blieb. –

Eben wollte er sie an seinen Mund drücken, als Angélique rief: Nun, Jacob, was hast du mit dem Mondschein zu schaffen!

Sie waren am Hause, und der Portier saß vor der Thür. –

»Bon soir Monsieur.«

Damit war sie verschwunden, die Flügelthür fiel in's Schloß – Gustav taumelte nach Hause.

11.

Gustav war noch nicht weit gekommen, als es ihm einfiel, daß Angélique nur des Jakobs wegen so schnell abgebrochen haben könne, er fühlte so etwas von den plötzlichen Wendepunkten im weiblichen Wesen, welche oft dem Wetter südlicher Gegenden gleichen, wo die Tornados, Gewitterstürme, plötzlich in das schönste hereinbrechen und umgekehrt, er fühlte noch die hingebende Hand, die lockende Wärme derselben. Ohne zu wissen, warum, wendete er sich zurück, und stand in Kurzem wieder vor Angéliques Wohnung.

Es war ein graues steinernes Haus, was selbst in seiner mürrischen, aber gediegenen Außenseite die Solidität wohlhäbiger Reichsbürger verrieth, oder die Verarmung eines glänzenden Kavaliers andeutete, von dem es in feste, harte Hände übergegangen sei. Das Portal wurde von kolossalen Karyatiden getragen, und stützte einen Balkon des ersten Stockwerks.

Dicht neben diesem Balkon war Licht – dort wohnte Angélique. Das Haus warf breiten Schatten, und der Mond ward jetzt oft von dichten Wolken bedeckt, Gustav konnte nicht schnell gesehen werden. Dies bestärkte ihn in abenteuerlichen Plänen, die sich in seinem Kopfe herum tummelten.

Das Licht verschwand, Angélique mochte sich in's Schlafzimmer zurückgezogen haben; Gustav's Hoffnung und Pläne stiebten auseinander, es ward ihm wieder traurig zu Muthe. In schwermüthige Träumereien versinkend stand er da, zum Gehen faßte er keinen Entschluß, ihm war, als könne er nicht heim finden.

Da ging eine Gardine von Angéliques Zimmer in die Höhe, das Fenster ward geöffnet, die Dunkelheit ließ eine weiße Erscheinung sehn. Gustav schlich leise unter das Portal, und kletterte an den Vorsprüngen der Karyatiden in die Höhe; so kam er bis dicht unter den Balkon ohne Geräusch, und hier lauschte er, ob auch Angélique die weiße Gestalt sei – mit halber Stimme summte diese ein Liedchen vor sich hin, was eine ernstere Melodie hatte, als Angélique zu singen pflegte. So in der Nähe konnte er die Worte verstehn:

> Leichte Wolken, leichte Winde
> Fliegen unter'm Mond einher,
> Schlägt mein Herz doch so geschwinde,
> Ist mir doch bald süß, bald schwer. -
>
> Heiß mein Athem, heiß die Wange,
> Bleicher Mond, was bringst Du mir?
>
> Ob ich wohl nach Ihm verlange,
> Ob ich wünsche: wär' er hier?

Es war ihre Stimme.

> Angélique!

> Gustav! Herr Gott!

Mit einem kräftigen Griffe hatte er einen Anhalt am Balkone gefaßt, und sich hinaufgeschwungen.

> Um Gottes willen, was thun Sie!

Bei diesen Worten streckte sie aber die Hand nach ihm aus, der schon sicher und fest auf dem Balkon stand, gleich als wollte sie ihn halten – hastig griff er darnach, und küßte sie mit Inbrunst, ohne ein Wort zu sprechen.

> Wenn uns Jemand sieht!

> Es ist ja dunkle Nacht. –

Das Fenster, aus welchem Angélique heraussah, reichte just bis an den Balkon, ohne auf ihn selbst zu führen. Gustav betheuerte ihr in den glühendsten Ausdrücken seine überschwengliche Liebe, und bat auf das Rührendste um Erwiderung des heftigen, reizenden Dranges – Angélique, im weißen Nachtkleide, schön und heiß wie die Braut eines Gottes, der in schweigender Nacht erwartet wird, schwieg; aber die Hand lebte, und sprach unruhig und bewegt; Gustav bückte sich hinüber, legte seine Linke auf ihre Schulter, und schweigend, ganz ohne ein zugestehendes Wort kam ihm das blühende und glühende Antlitz entgegen, der Kuß fand den Kuß brennend und schön wie Tag und Morgen sich in der Morgendämmerung finden.

Erst die Angst, daß er sich zu weit überbeugen könne, brachte ihr Worte, und um die Gefahr für ihn zu verringern, neigte sie sich weiter heraus, und dies also erzeugte Entgegenkommen fachte sein Leben noch höher an – all jene Nebel und Wogen, die unsere befangenen Sinne um sich her glauben, bedeckten die Küssenden, sie vergaßen Situation und Welt und Frage.

Nach Erschöpfung des ersten Sturmes bat Gustav, sie möge in das anstoßende Zimmer kommen, »damit ich Dich näher, inniger habe.« – Das war nicht möglich, jenes große Mittelzimmer, dessen drei Fenster auf den Balkon führten, war von innen verschlossen, sie mußten sich begnügen. –

Als Angélique ihn forttrieb war noch kein Wort weiter zwischen ihnen gesprochen worden – auch jetzt taumelte er nach Hause, aber wie der Sturmwind tobte das Glück in ihm.

Ist denn das Alles an einem Tage vorgegangen? sagte er zu sich, kann man an einem Tage so grenzenlos unglücklich, und so grenzenlos glücklich sein?

Wirklich vereinte sich Alles, um Gustav's Glauben zu bestärken, daß ihm das Glück in aller Weise und Verkündigung beschert worden sei: die letzten Hindernisse hatten ihm deutlich gezeigt, welch eine Nothwendigkeit, welch ein Schatz das reizende Mädchen für ihn wäre, und er schätzte den schon verloren geglaubten Besitz um so höher; die Eltern Angéliques legten seiner Brautwerbung nichts in den Weg, der dicke Vater bezeigte ihm sogar die größte Zufriedenheit damit, und nannte ihn mehr als nöthig war »Herr Sohn« und »mein Herr Sohn« und schlug gemeinschaftliche Käufe und Unternehmungen vor, die in weite Zukunft reichten, und eine unzertrennlich verknüpfte Existenz voraussetzten, die Tante hatte ebenfalls ihren Segen gegeben, Angélique war ein Engel von Reiz und Liebenswürdigkeit gegen ihn, die Kameraden beneideten und priesen sein Loos, die Gleichgültigen fanden das proklamirte Verhältniß sehr konvenabel, er selbst war gesund, frisch – was fehlte zum Glücke, was ging dazu ab?

Unbesprochen, pflegte die Tante zu sagen, aber das Glück ist Dein, Gustav, und damit Du nicht immer herauszufahren brauchst, was Dir doch in der nächsten Flitterzeit beschwerlich werden dürfte, so werd' ich nach Prag ziehen, Cousin Louis ist eingerichtet in die Geschäfte –

hattest doch damals Recht, als Du mir ihn aufnöthigtest – ich kann schon eine Zeitlang abkommen, und wenn Du Dich mit dem Schwiegervater in andre Betriebsamkeit wirfst, so machen wir die Kapitale flüssig, und betreiben die Fabrik nicht mehr als Hauptsache, ist Dir's so zu Willen, Gustav? Ich hab' kein rechtes Bleiben mehr hier, seit der gute Pater Lorenz vorige Woche gestorben ist, ich hatte mich so ganz an ihn gewöhnt, nun, Gott gebe nur jedem Christen einen so sanften seligen Tod: er ist wie ein Licht ausgegangen. Besorg mir dann einen zuverlässigen Kutscher für den Schreibsekretair, den ich doch mit hinein nehmen muß.

So war Alles gelungen, Verlobung war gefeiert, der festgesetzte Hochzeitstag rückte heran, Gustav saß neben Angélique auf dem Sofa, und tändelte. Ein schöner Sommertag glänzte draußen, durch die Luft ging jenes üppige Zittern der Strahlen, was einen festen Sonnenschein bekundet, zwitschernd flogen die Schwalben an der offnen Balkonthür vorbei, in deren Nähe die Glücklichen saßen, der Papagai hüpfte auf dem gelben Ringe umher und quakte sein »Glück zu, Glück zu!«

Schweig Pap, rief Gustav, ich brauche kein Glück mehr dazu, habe genug. –

Glück zu – sprach Pap ungestört. – Angélique, die eine leichte Nadelarbeit vor sich hatte, legte sie in den Schooß, reichte ihm die Hand, und bot ihm den zum Kusse gespitzten Mund hin. Sie sah wirklich selbst wie die Göttin des Glückes aus: ein einfach weißes Kleid von feinem leichtem Stoffe war Alles, was sie schmückte, die Schultern kühlten sich unbedeckt in dem hohen Zimmer, die braunen Locken waren in die Höhe gesteckt, frei und behende wie das einer Gazelle ging das schöne Haupt hin und her vom Munde des Geliebten zur Brust desselben, und hinweg, um ihn zu locken. –

Da klopfte es an die Thür – der Bediente nahm auf Liebesleute Rücksicht, und um nicht zu überraschen, pflegte er anzuklopfen. Lachend rief Angélique »Johann!« und griff nach ihrer Arbeit.

Johann trat ein, und überreichte Gustav einen Brief, mit dem Bemerken, der Bote habe ihn lange vergeblich gesucht – vom Cousin Louis war der Brief. Gustav hatte kaum hineingesehn, da sprang er auf – die Tante ist sehr krank, ich muß hinaus, lebe wohl Angélique! Flüchtig sie küssend eilte er fort.

Die Pferde wurden über die Maaßen gejagt, er kam an – vor der Hausthür war eine kleine Laube, unter ihr saß Louis mit zwei alten Verwandten, einem Vetter und einer Muhme, die von der Tante nie wohl gelitten waren, weil sie im Rufe einer ziemlich ordinairen Gesinnung standen. Er wollte schnell an ihnen vorüber, sie hielten ihn aber auf, bis er sich nicht mehr durch halbe, klägliche Redensarten aufhalten ließ, sondern die Treppe hinauf durch's große Wohnzimmer in's Schlafgemach der Tante eilte – als ob der Blitz vor ihm niederschlüge, taumelte er zurück; das Bett war ganz leer, nur ein Strohsack lag drin, und sah ihm wie eine Ruine entgegen.

Lieber Gustav, begann hinter ihm Cousin Louis. –

Wo habt Ihr die Tante? Lieber Gustav, der Bote ist im Gedräng' verspätet worden, und muß Dich auch in der Stadt erst spät gefunden haben, die selige Tante –

Die selige Tante –?

Ja, die selige Tante ruht schon in geweihter Erde.

12.

So saß er denn einsam des Abends im großen öden Zimmer der Tante, die beiden Talglichter brannten wieder, aber heute mit großen Schneuzen, denn die sorglich putzende Hand fehlte; mit großer Traurigkeit sah Gustav in die Schatten hinein, welche der kümmerliche Strahl im weiten Zimmer entstehen ließ, ach wie einsam und schmerzlich war ihm zu Muthe!

Zum ersten Male traten ernste Gedanken in sein Leben, wenn auch in großer Ferne, wie irdische Herrlichkeit vergänglich sei, drängte sich ihm zum ersten Male auf; gleich Possen erschienen ihm jetzt die kurzen Liebeskümmernisse, besonders da sie beseitigt, und nicht mehr zu fürchten waren. Nur was droht, erhält in Spannung. Die Tante, die gute, liebe Tante war fort, sie sollte seine erfüllte, schöne Existenz nicht mehr erleben! Haben wir doch für jeden Abschnitt unsers Lebens jene gleichgültigen Zeugen unsrer Geschichte, die uns so wichtig und nothwendig sind – Glück und Unglück, was ist es für uns allein! Wir brauchen Publikum, was uns vorher gesehen, was für uns erwartet oder gefürchtet hat, sei's auch nur, weil wir neben ihm lebten. Wenn wir die Heimath verlassen haben, so ist uns Alles darum von großer Bedeutung, weil es die Unsrigen, unsere Nachbarn erfahren werden, weil wir denken: was mögen sie dazu sagen, wie mögen sie sich verwundern. Nichts ist uns eine Herrlichkeit tief hinten in China oder sonstwo – es kommt keine Zeitung, kein Bezug zu unsern Bekannten.

Dies Publikum verbleicht, geht unter mit den Jahren, aber stets ein neues ersetzt dasselbe, die letzte Umgebung tritt in die Rechte der vorletzten, das stuft sich ab, und die Schattirungen bilden einen Haupthintergrund unsers Lebens-Interesses; häufiger, schneller Wechsel, der keine nahen Beziehungen gestattet, ist aus diesem Grunde so leer, so ermüdend. Und hier war es nun gar die beste mütterliche Freundin, welche den jungen Mann so kräftig, ausschließlich geliebt, welche auf sein Gedeihen alle irdische Freude gestellt hatte – und nun war sie geschieden für diese ganze goldne Welt, sie sah nichts mehr von ihm, er nichts mehr von ihr, halbfremde Gestalten waren bei ihrem Lager gewesen, als die Trennung unerbittlich nahe trat. Thränenfluth auf Thränenfluth stürzte ihm aus den Augen, er legte den Kopf auf den alten wohlbekannten Tisch, und gab sich ganz dem Schmerze hin – unartig, dreist, eigennützig bist du auch gegen sie gewesen, dachte er mit Trübsal, hast sie verlassen, die Gute, um deinem Vergnügen zu dienen, die gute, liebe Tante.

Es war spät geworden, ehe sich sein Schmerz erschöpfte; dann ging er noch traurig im wüsten Zimmer umher, bis ihn Schauer des Unglücks und Todes forttrieben – es ist das Entsetzliche des Todes, daß er Leichen macht, die uns Grauen einflößen, auch wenn uns Gestalt und Form theuer waren, so lange Leben pulsirte, daß er den Körper nicht nur mordet, sondern auch furchtbar macht. Mit Bangen sah Gustav nach der offenen Kammerthür, um keinen Preis hätte er ihre Schwelle überschreiten mögen, und es erstarrte ihm der Gedanke das Blut, daß die Tante plötzlich in weißem Anzug dort in der dunkeln Thüröffnung erscheinen könnte, dieselbe Tante, deren Verlust ihn so tief beugte.

Oder war es dies nicht allein? Schon als er auf seinem Zimmer sich zum Schlafengehn eingerichtet hatte, blieb die Beklommenheit gewaltig in seinem Wesen, als sei es vorbei mit aller Freude dieser Welt.

Die Nacht war windig geworden, und klapperte störend mit den Fenstern. Halb schlafend, halb wachend, halb träumend lag er bis zum ersten Morgenstrahle; da trieb's ihn auf, er mußte einen Gang in's Freie machen, um Luft zu gewinnen.

Zurückkommend fühlte er sich so weit gestärkt, die Angelegenheiten des Vermächtnisses zu ordnen, ließ sich von Cousin Louis die Schlüssel zum alten Schreibtische geben, in welchem das Testament lag, und stieg hinauf, um das Nöthige anzuordnen. Er wußte genau die Stelle, wo die Tante das Testament verwahrt hatte – sie war leer. Nun, sie mochte in den kranken Tagen wohl von ihrer sonstigen Ordnung nachgelassen haben, und das Testament konnte unter die andern Papiere gerathen sein – er durchsuchte Alles, es fand sich nicht. Louis ward gerufen – wann ihm die Tante das Schlüsselbund übergeben, ob sie sonst etwas verordnet habe?

Die Schlüssel hatte sie gar nicht übergeben, man hatte sie unter dem Kopfkissen gefunden, sonst hatte sie nichts bestellt.

Wo das Testament sei? –

Louis zuckte die Achseln.

Ob er den Schreibtisch geöffnet habe?

Nein.

Der alte Vetter kam dazu und erklärte in seiner ordinairen Weise, Gustav möge sich beruhigen, die Verwandten, welche ohne Testament die Erben waren, würden ihm seinen kleinen Antheil nicht schmälern, und da er in dem Testamente, was die Tante kassirt haben müsse, alleiniger Erbe gewesen sei, so würde es ihnen auch auf ein wenig Entschädigung nicht ankommen, Gustav müsse sich's übrigens nicht wundern lassen, warum habe er sich in letzter Zeit gar nicht um die Tante gekümmert, alte Leute seien eigensinnig.

Bleich vor Zorn und Aerger stand Gustav da – an den wirklichen Verlust dachte er noch gar nicht, und die Frechheit des Alten empörte ihn. Er befahl ihm mit zitternder Stimme auf der Stelle das Zimmer zu verlassen. –

Oho, junger Herr, versetzte dieser ruhig, und setzte sich auf einen Stuhl, die Zeiten des Hochmuths sind vorüber, wenn Sie allein handthieren wollen, da suchen Sie sich draußen auf der Straße Platz.

Gustav's Aufmerksamkeit hatte sich unterdeß wieder auf die Papiere gerichtet – umsonst durchsuchte er mit fliegender Hand alle, umsonst wendete er auch das kleinste Blättchen nach allen Seiten, dem er von Weitem ansah, daß es das Gesuchte nicht sein könne.

Ruft den Pater Lorenz, rief er hinter sich. –

Der Alte schlug ein rohes Gelächter auf und meinte, vom Kirchhofe ließen sich die Leute nicht mehr rufen wie die Bediente.

Die Erinnerung an des Paters Tod, den er in der Angst vergessen, traf ihn wie ein Donnerschlag. Die Gerichtsperson, welche mit dem Pater das Testament als Zeuge unterschrieben hatte, war längst gestorben, bei den Gerichten werden in Oesterreich die Vermächtnisse nicht niedergelegt, oder autorisirt; wenn sich das Testament nicht fand, war Alles verloren, es war kein lebender Zeuge übrig.

Gustav sah dem Cousin Louis starr in's Gesicht – dieser ward todtenbleich und schlug die Augen nieder. Schweigend nahm ihn Gustav bei'm Arme und führte ihn hinaus auf den Saal. –

Mensch, was hast Du gethan? Wo ist es hin?

Und nun sprach er ihm so lebhaft und eindringlich in's Gewissen, daß Louis die Thränen aus den Augen stürzten, und er nach Gustav's Händen griff – da trat der Alte aus der Thür, und drängte sich zwischen sie ein; der günstige Augenblick, wenn überhaupt etwas zu erlangen war, ging vorüber und kehrte nicht mehr zurück.

Gustav mußte übrigens wohl bald einsehn, daß, wenn Louis zur Unterschlagung des Testaments behilflich gewesen war, nichts mehr vorhanden sein mochte von dem Aktenstücke, Louis jedenfalls nicht allein betheiligt und nicht unabhängig sein konnte. Der Versuch, ihm eine stattliche Summe anzubieten, eine Summe, die jedenfalls seinen jetzigen Antheil am versplitterten Vermögen übstiege, war deshalb auch unstatthaft; es blieb Gustav nichts übrig, als die Einsicht, daß Alles verloren sei.

Er ließ anspannen; da kam auch noch Wlaska's Vater, um das Maß vollzumachen, und hielt ihm vor, daß Alles dies geschehen sei, weil er hochmüthig seine Tochter verschmäht habe, und er trage die Schuld, daß sie jetzt Gott weiß wo in der weiten Welt betteln ginge, wenn sie nicht im Wasser läge – der alte Vetter trat hinzu, und erbot sich mit widerwärtiger Vertraulichkeit zu einer kleinen Unterstützung, bis die Erbschaftsmasse geordnet und unter die zwanzig bis dreißig Verwandten getheilt sei. Gedemüthigt und entrüstet eilte Gustav nach dem Wagen, und fuhr nach Prag.

Unterwegs erst fiel ihm sein neuer, so ganz andrer Bezug zu Angélique ein, und ein Fieberschauer überflog ihn – dem Mädchen traute er nicht im Entferntesten eine gemeine Gesinnung zu, aber der Vater stand in seiner feisten, mit Glücksgütern gefesteten Position unverrückbar vor seinen Augen, und der alte Stolz des Herzens flüsterte leise in des jungen Mannes Innern, in irgend einem Winkel des Innern, den er selbst nicht entdecken konnte oder mochte: du wirst Angélique nicht heirathen.

Durch's gewölbte Thor rasselte der Wagen; so mag einem Eingefangenen zu Muthe sein, dem die Festung kommt, wo er sein noch halb junges Leben beschließen soll. Alle die tausend Anfänge versprechender Zustände, gedeihender Verhältnisse, alle die blauen Perspektiven eines rüstigen Geistes und Herzens sind dahin, ein schwarzer drückender Nebel liegt auf der Welt – nur ein einziger dunkler Gang liegt vor ihm, und am Ende desselben der Tod.

13.

Die Luft war wieder sanft und warm, es leuchtete und erquickte wieder der Sonnenschein, die Schwalben flogen wieder um den Balkon wie an dem Tage, da er oben überglücklich im großen Zimmer gesessen.

Wie trat er jetzt in's Haus! Der respektvolle Gruß des Portiers erschreckte ihn: auch der wird sich ändern, wird lachend seine beflissene Dienstfertigkeit fallen lassen, wenn er erfährt, daß Du ein Bettler bist. Es ist schon eine Täuschung, daß Du ihm nicht sagst: Lieber Freund, inkommodiren Sie sich nicht, die vornehmen Zeiten sind vorüber.

Auch Angélique saß wieder im weißen Gewande da und sprang ihm jubelnd und leidenschaftlich entgegen – ach, wie schmerzlich war's! Er wehrte ihre Liebkosungen ab. –

Was hast Du, Gustav?

Wenn Du es weißt, Angélique, dann ist es mit Küssen und Herrlichkeiten vorbei – ich erinnere mich jetzt einer Geschichte, die mir die Wlaska einst erzählte, vom unglücklichen Romeo: die todtgeglaubte Julia, seine Heißgeliebte, erwacht gesund, tritt ihm entgegen mit den schimmerndsten Ansprüchen und Hoffnungen auf ein reiches Leben; er hat aber ihres Todes wegen schon Gift genommen, und die Vernichtung in sich tragend sieht er mit starrem Auge allen Glanz des Lebens vor sich ausgebreitet.

Um Gotteswillen, was ist geschehen, Gustav, so warst Du nie!

Schenke dem alten glücklichen Bräutigam noch einen keuschen Kuß, Angélique – zu viel, zu viel – nun höre.

Einfach trug er ihr Alles vor.

Angélique indessen wollte darin keinen Grund zur Trennung sehen – was brauch ich Dein Geld, mein Vater ist reich genug! Und dabei umarmte sie ihn von Neuem. Die traurige Erzählung hatte Thränen in ihre Augen gedrängt, sie war aufgelöst von Zärtlichkeit und Hingebung. Umsonst protestirte Gustav, ach, er hatte allen Drang des Innern gegen den gefaßten Entschluß zu bekämpfen; seine hoch gehende Stimmung, just darum recht das Opfer zu bringen, weil es sich so würdig für eine freudenlose Zukunft gestalte, seine Rührung schlug über in überschwengliche Liebe, und so vergaß er den Widerstand. Pap aber rief wie damals »Glück zu! Glück zu!«

Spät erst kam er zu der bestimmten Erklärung, den Vater aufsuchen und ihm den Stand der Dinge mittheilen zu müssen.

Der Alte saß fest behaglich in seinem Zimmer, was auf den Hof ging, und fütterte seine Tauben, die hereingeflogen kamen. Derb und zuthunlich begrüßte er Gustav – dieser erzählte.

Während der Erzählung wurden die Tauben fortgejagt, wurde die Pfeife weggestellt. Gustav schloß damit, daß er in Frage stellte, ob bei so veränderten Umständen die Heirath Angélique's von seiner Seite noch erbeten werden könne? –

Nein, Herr Dorn, nein, sagte der Papa mit klarer Stimme, und erhob sich – es ist sehr wacker von Ihnen, daß Sie so offen sind, und das Verhältniß nun selbst in Frage ziehn; nein, nun paßt die Sache nicht mehr, und das Mädchen muß sich finden.

Gustav empfahl sich kurz – das Herz hatte ihm zerspringen mögen vor Zorn und Liebe.

Er ging heim, schrieb Angélique, was vorgefallen, sagte ihr unter strömenden Thränen Lebewohl.

Dann packte er das Nächste, was ihm in die Hände fiel, von seinen Sachen zusammen und machte sich reisefertig.

Unterdessen kam schon Antwort von Angélique – »Du darfst nicht fort, ich lasse Dich nicht, ich widerspreche meinem Vater. Ja, er hat mir verboten, Dich in seinem Hause zu empfangen, aber ich komme zu Dir, die Mutter ist auf meiner Seite, heut Abend um Neun suchen wir Dich vor der Kirche des heiligen Wenzel.« –

Wußte er's, was er thun sollte? Liebesdrang ist stärker als Alles. Er ging hin. Es war ein bedeckter dunkler Abend, selten ging Jemand an der Kirche vorüber, Gustav war vor den Frauen da, und lehnte sich an die Mauer. Ein kleiner Schusterjunge mit klappernden Pantoffeln kam des Weges, und jodelte sich eine jubelnde Melodie – glücklicher Junge, dachte Gustav, du hast nichts zu verlieren.

Uebrigens war er selbst keineswegs auf dem Klaren mit seinem Zustande; wenn er auch wußte, daß ihm ein großes Vermögen entwendet sei, so blieb ihm doch alle Vorstellung von eigentlicher Armuth fremd; so weit dachte und detaillirte er gar nicht. Geld und Sorge darum lag ihm gar nicht im Sinne; dafür war er in diesem Punkte zu sorglos aufgewachsen; nur wer mit leerem Beutel ist groß geworden, wer das Nöthige hat erwerben müssen, denkt daran, daß der eben volle Beutel leer wird, denkt daran, wie neues Material errungen werden kann. Gustav hatte nur ein Gefühl seines Unglücks, aber keine Vorstellung desselben.

Sie kamen. Angélique war eitel Leidenschaft und Ungestüm, sie schalt und weinte und küßte, und die Mutter hatte fortwährend zu beschwichtigen. An Entschluß, Resultat war nicht zu denken; wenn Gustav bestimmt erklärte, daß er sie frei gäbe und ginge, da brach sie in größte Heftigkeit des Schmerzes und der Forderung aus, und auch die Mutter sagte, er solle nichts übereilen.

Du gehst nicht, Gustav, sagte sie leise, als die Mutter zum Aufbruche trieb, morgen Abend um Elf komm auf den Balkon, dort erwarte ich Dich, um Dich zu küssen und die Pläne mitzutheilen, die sich mir darbieten werden.

So schieden sie.

Der nächste Tag war ein entsetzlicher für Gustav, und er hätte zuverlässig die Stadt verlassen, wäre nicht die Zusage des Rendezvouz gewesen. Wahrlich, es ist schnell gesagt, daß man sich darüber hinwegsetzen müsse, was die Leute sagen, aber das Gerede der Leute ist unser äußeres Gewissen, was eben so peinigen kann, wie das innere. Nur die stärksten und die schwächsten Menschen fürchten es nicht. Das Gerücht von Gustavs Verlust hatte sich wie ein Lauffeuer verbreitet. Die Masse bewegt sich in lauter Extremen, sie ist am gerechtesten und am grausamsten, und öftrer das letzte; Hinrichtungen genießt sie. Keiner hatte dem Andern etwas Angelegentlicheres zu sagen gehabt, als daß der schöne, stolze Herr Dorn gestürzt, der Erbschaft verlustig sei. Man sagte geradezu »gestürzt«, denn man betrachtet einen Glücklichen solcher Art immer wie einen Tyrannen, und bürdet es ihm zur Last, daß er so oder so aus der langsamen, schweren Alltäglichkeit erhoben sei. Nun kam jeder Lump von Bekannten, der einmal Billard mit ihm gespielt, oder neben ihm im Theater gesessen hatte, und plapperte sein Bedauern und setzte gemüthlich hinzu, Angélique's Papa werde sich doch nicht unanständig betragen. Und die näheren Bekannten waren eben so lästig; sie hatten ein Recht zur Erinnerung und zum Beileid. Für jene lernte Gustav im Laufe des Tages ein widerwärtiges Lachen, und die Versicherungen, es sei eine Kleinigkeit; aber gegen diese fand sich kein Schutz. Einen wirklichen Freund hatte er nicht, dazu waren seine

Herzensbedürfnisse viel zu oberflächlich gewesen – Hindernisse weisen immer am ersten in Tiefe und Nachdenken, und dafür suchen und erwerben wir uns Begleiter; Hindernisse hatte es aber vorher in seiner Existenz nicht gegeben, er hatte Niemand gebraucht. So oberflächlich läßt uns ein ungestörtes Gelingen; was die Leute so ohne Weiteres Glück nennen, das ist ein einzelner, junger, einsamer Baum – wenn plötzlich der Sturmwind über die Fläche stürzt, dann bricht er ihn jäh, nicht links noch rechts sind Genossen, welche einen Theil der Windskraft aufnehmen und also ihre Wuth brechen helfen.

Am Abende war es Gustav unwiderleglich klar, daß er Angélique nicht heirathen könne, auch wenn nichts im Wege stünde, als die Meinung der Leute.

Wüsten, traurigen Herzens ging er nach Angélique's Hause; voll, schwer und warm ging der Nachtwind, und einzelne, große Tropfen fielen aus dem festbedeckten Himmel; auch die Natur glich einem schwer bedrängten Jünglinge, der nicht zum vollen Schmerzensausbruche kommen mag – die Straßen waren todtenstill, sein Tritt hallte wieder.

Angélique erwartete ihn auf dem Balkon und führte ihn rasch in's Zimmer; sie hatte einen schwarzseidnen Mantel umgeschlagen und schien sehr ängstlich. Schnell, schnell, Gustav – flüsterte sie – damit Dich Niemand sieht, und sprich leise.–

Wo ist Deine Kühnheit, Deine Zuversicht hin, Angélique?

Ach, Gustav, seufzte sie und lehnte sich weinend an seine Brust – der Vater hat heute eine ganze Stunde in mich hinein gesprochen; wir haben gar keine Aussicht.

Gustav glaubte Alles zu übersehn. – Den Vortheil gewährt eine reiche Stellung fast immer, daß sie ein Zartgefühl für zweifelhafte Beziehungen lebendig erhält, was in der Trivialität des Mangels leicht untergeht, und bei bedrängten Umständen nur den besten, von Kindesbein an noblen Naturen bleibt. Auch der letzte Schatten von Täuschung, die letzte Illusion unabhängiger Zuneigung, die für ihn bei Angélique vorausgesetzt werden durfte, schwand.

Ja wohl, sagte er, wir haben keine Aussicht, und sind fertig. Dabei umschloß er sie noch einmal krampfhaft, wie ein Schiffbrüchiger, der einen letzten lebhaften Anlauf des Schwimmens versucht, obwohl er weiß, daß er gleich darauf völlig erschöpft sein und untergehn werde. Dies Gefühl schien sich auch Angélique mitzutheilen, sie hielt ihn fest in der Umarmung, welche er rasch beenden wollte, sie drängte sich mit voller Hingebung an ihn, bedeckte ihn mit Küssen, schluchzte und bebte.

Der Augenblick, das wirkliche Leben ist ein Riese gegen alle Zukunft. Auch Gustav gab sich diesem Liebesgenusse der Verzweiflung völlig hin– bei einer Bewegung des Armes stieß er an Pap's Käfig, der in der Nähe stand; halb ermuntert, halb schlafend rief Pap das Einzige, was er wußte, »Glück zu!«

Der Gedanke, daß dies thörichte Wesen Recht gehabt, flog an Gustav's Seele vorüber wie ein schneller Vogel; weiter denken mochte er nicht, weder er noch sie sprachen ein Wort, auch als er sich losriß, und nach dem Balkon eilte –

Falle nicht, Gustav – leb wohl, leb wohl! flüsterte sie aus dem Zimmer nach, wahrend er rasch hinabkletterte.

Der Regen fiel in Strömen vom Himmel – noch einen flüchtigen Rückblick warf Gustav auf das Haus, und murmelte zwischen den Zähnen: Auf Nimmerwiedersehn! Hinter der wogenden Neigung, die nichts Feindliches duldet, schien tief zusammengekauert Entrüstung und Zorn zu lauern.

Er weckte zu Hause den Bedienten, ließ einen Postwagen holen und fuhr in Nacht und Regen aus der Stadt.

Ade, mein Glück, meine Jugend! sprach er, als das Steinpflaster aufhörte, und drückte sich in die Ecke und hüllte sich in den Mantel, um den Schlaf heranzulocken, um bewußtlos zu werden.

14.

Als er des Morgens erwachte, schien die Sonne, das Land dampfte in Regenerquickung, Lerchen stiegen links und rechts in die Höhe, ein Ackerknecht am Wege sang ein Lied – und ihm war so wüst zu Muthe. Der Wagen rollte auf der Straße nach Wien – er erinnerte sich nicht, gesagt zu haben, wohin er wolle, es war ihm gleich viel, nur hinweg von Prag! Zu eigentlichem Denken kam er auch nicht, höchstens zu Gedanken, und ach, wie quälerisch waren die! Von Zukunft wußte er nichts, und wollte nichts wissen, an Geld dachte er gar nicht, obwohl es just das Geld war, welches ihn unglücklich gemacht hatte.

Selten stieg die Idee in ihm auf, ob er auch Angélique Unrecht thue, aber tausend Stimmen riefen dann immer zu gleicher Zeit Nein, und so ergab sich denn in so gestörter Lage, wo Kombination, Urtheil und

Sicherheit so weit abzuliegen schien, die Erkenntniß klar und deutlich, welche ihm früher wildfremd geblieben war, daß Angélique nur den glücklichen Gustav lieben könne. Ihr Wesen, meinte er, sei so verwebt mit all den bürgerlichen Ansprüchen des Glanzes und der Wohlhäbigkeit, daß ihr jedes Opfer unmöglich geworden, daß sie einer rücksichtslosen Neigung gar nicht mehr fähig sei. Und diese moderne Neigung, rief er entrüstet aus, ist in alle Ewigkeit keine Liebe, ist nichts als eben eine Neigung.

So wenig Reflexion und Anwendung sonst seine Sache war, und nur durch Unglück geweckt wurde, so hatte er doch vielleicht einen Theil des Richtigen damit getroffen. Mag es ein richtiger Weg der neuen Welt sein, das unklare Idealisiren zu verlassen, sich an wirkliche Verhältnisse anzuschließen, das unerklärt Höhere im Menschen, diese Brücke zur Gottheit, kann sie leicht darüber ganz verlieren, ihr Weg streift dicht am Abgrunde der Trivialität hin. Möge es ihr gelingen, die so viel auf kleine Nüancen gibt, darin den richtigen Punkt zu treffen. Das setzt den Anspruch an eine außerordentliche Bildung voraus, denn sie hat zu Gunsten und für die Wahrheit des Individuums viele allgemeine Haltpunkte aufgelöst, und nun muß denn auch das Individuum alle Hülfe in sich selber finden. Sonst, ja sonst fand das Mädchen die Verhaltungsregeln in jedem mittelmäßigen Roman, man war schematisirt, Edelmuth und Laster lagen sonnenklar wie nahe Ufer einander gegenüber; anders ist's mit modernen Mädchen wie Angélique, die sich keck ihren eigenthümlichen Anforderungen hingeben, und Gustav konnte wohl Recht haben, daß gerade seine Braut das Beste dabei verloren hatte. Ach, und wie schön, wie begehrenswürdig stand das reizende Geschöpf noch immer vor seinen Sinnen, noch schien es ihm eigentlich ein Frevel, sie zu schelten – schnell, schnell weiter, Postillon, ich habe Eile. Und so gab er große Trinkgelder, um nur schnell nach Wien zu kommen, obwohl er nicht im Geringsten wußte, was dort zu thun sei.

Aus jener Zeit des Ueberflusses, wo er frei über das große Vermögen verfügte, befanden sich zufällig in seiner Chatulle noch einige tausend Gulden; augenblicklichen, gemeinen Mangel bemerkte er also nicht; daß sie zu Ende gehen würden, bedachte er noch weniger, mit solchem Detail hatte sein Kummer nichts zu schaffen.

In Wien erlebte er einen Zustand, der viel Ähnlichkeit mit dem eines Nachtwandlers haben mag; er trieb sich in der Außenwelt herum, ohne sie zu sehen; er verkehrte mit ihr, in so weit die angeeigneten, halb

Schritt und Tritt gewordenen Formeln der Geselligkeit: das mit sich bringen wie man denn wirklich ein ganz höflicher Mensch sein kann, ohne etwas zu denken und zu empfinden, er ging in's Theater, in's Lustspiel, ohne zu lachen, er aß und trank, und passirte für einen wohlerzognen, etwas blassen und wortkargen, aber recht interessanten jungen Mann. Jener nachtwandlerische Zustand prägte sich aber am Wunderbarsten darin heraus, daß er mehr las, als je in seinem Leben, daß er die Bücher zu Ende brachte, ohne sich dafür zu interessiren, und – daß von all diesen unklaren Eindrücken und dem schweigenden Schmerze seines Wesens sich dennoch eine ganz neue Welt in ihm ausbildete, von welcher er keine Ahnung hatte, so tief er auch schon darin befangen war.

Werden wir nicht oft genug daran erinnert, es gleiche unser innerer Mensch der fruchtbaren Erde, die alle Stoffe im geheimnißvollen Schooße verarbeite, keimen und wachsen mache, die dann plötzlich mit einer Fruchtbarkeit überrasche, deren Samen und Zeitigung uns entgangen ist? Glauben wir nicht oft genug der Spur zu begegnen, neben dem Zuthun unsrer Kräfte walte und schaffe eine zeugende Atmosphäre der Schöpfung, die uns von Zeit zu Zeit mit unerklärlich Gereiftem überrasche?

So trieb es sich um in Gustav's Innerem, und er selbst ward dessen nicht inne. Das rein Aeußerliche und Zufällige seiner bisherigen Welt war krachend zusammengestürzt, nicht der kleinste Stab war zur Haltung übrig geblieben, nicht einmal die Einsicht kam ihm zu Hülfe, es müsse nun von innen heraus eine neue Welt gebildet werden, um eine Existenz möglich zu machen.

Das Göttliche der Welt, jenes unerforschte Gewebe nahm sich seiner an, ungewohnte Regungen, Kenntnisse, Fragen speicherten sich auf in den verborgensten Schlupfwinkeln seiner Seele, und wenn sie auch sein Unglück nicht änderten, ja, wie schon erwähnt, nicht einmal die Möglichkeit für ihn andeuteten, daß es geändert werden könne, so waren sie doch von unendlicher Wichtigkeit. Sie schufen zunächst wie den Uebergang in eine andere Luftschicht, jenen feuchtschweren Dunstkreis poetischen Lebens, der oft lediglich unser Dasein, den nothwendigen Reiz unsers Daseins erhält; denn wo dieser Reiz, die Spannkraft der Seele ganz ausgeht, da tritt Schwachsinn oder Tod ein. Dieser Dunstkreis lagerte, sich ihm um Augen und Schläfe, Schattengestalten aller Art gaukelten um ihn herum, und wenn er auch nichts erkennen, wünschen, gestalten mochte, so kam dies Treiben doch seinem gesunden Jugendkörper so weit zu Hilfe, daß er fortathmen und vegetiren konnte.

Zunächst war es das Theater und der Roman, die sich ein wenig fester geformt in seinen Wünschen herausstellten; die Verhältnisse, der Antheil sind in ihnen meist so potenzirt, so stark und plump in Anspruch genommen, daß sie selbst ein wüstes Herz in einzelnen Punkten berühren. So kam er dahin, daß ihm das entsetzlich Tragische allmählig eine kleine Genugthuung verschaffte.

Aber der Aufenthalt in Wien wurde bald dadurch unangenehm, daß ihm nicht selten Bekannte aus Prag aufstießen, die sein Schicksal wußten, und ihm wie Feinde erschienen, sie mochten es berühren oder nicht. Da ward ihm erzählt, wie Angélique munter aussähe und lebte, wie ein andrer Freier sich hervorgewagt und dem Anscheine nach nicht üble Hoffnung habe – er packte wieder seine Sachen ein und reiste von dannen, wüsten Sinnes, ohne Frage nach Ort und Zeit von Station zu Station.

Das ist Berlin, hörte er eines Tags – also Berlin, sagte er sich, hier willst Du ein wenig rasten. Aber Berlin ist für solche Stimmung ganz und gar nicht geeignet: äußere Zerstreuung, jene Zerstreuung, wobei es keiner eignen Thätigkeit, keines Zuthuns bedarf, bietet es zu wenig, und seine Menschen sind nirgends weich und in der Art gefällig, wie sie ein Unglücklicher wünschen mag. Sie sind besonnen, verständig, nüchtern, um und um Produkte und Producenten eines Staates, der aus einer fortwährenden geistigen Thätigkeit und Aufmerksamkeit geschaffen ist und erhalten wird, sie haben und fühlen alle mehr oder minder ihren Bezug zum Staate; wildfremd mußte ein Mensch wie Gustav bleiben. Freilich war es diesem nicht wünschenswerth, von den Leuten bedauert, befragt zu werden, aber im Grunde war es ihm doch zu statten gekommen, sich in Wien, von der gleichen Art zu sprechen, das Nächste zu wünschen, zu vergleichen, von der gleichen Nationalität getragen zu fühlen. Das hatte er bisher nicht gewußt, jetzt aber empfand er es doch: wenn uns ein Weh in Anspruch nimmt, da geht es leicht über unsere Kräfte auch noch neue äußere Verpflichtungen auf uns zu nehmen, und diese nimmt man auf sich, wenn man in andre Sitte, Denk- und Ausdrucksweise eintritt. Oft dünkt uns in solchem Falle der bloße Umgangswechsel unerträglich: die bisherigen Bekannten kennen auch unser Detail, sie setzen voraus, und erleichtern dadurch, sie fragen nicht mehr, warum wir spät aufstehen und den Kaffee mit Sahne trinken, warum wir dies oder jenes

Wort kürzer aussprechen als andere Leute; um wie viel schlimmer ist dies bei einem Ortswechsel, der so groß ist wie der Unterschied zwischen den österreichischen und preußischen Hauptstädten.

Ein alter Wiener Kaufmann, der in ein und demselben Gasthofe mit Gustav wohnte, an ein und derselben Tafel mit ihm aß, brachte ihn auf die Entdeckung, daß die Existenz in Berlin noch viel schwerer werden müsse: dieser Alte hatte nichts verloren, er betrieb ein vortrefflich Geschäft in Berlin, er befand sich sehr wohl, und doch fehlte ihm Alles, das Essen war ganz anders, die Pfeifen nach Tische waren nicht bei der Hand, alle Lebensweise war ungewohnt, unbequem. – Du mußt fort von hier, dachte Gustav, hier wirst Du zermalmt.

Sein andrer Tischnachbar war ein sanguinischer Franzose, der ebenfalls lebhaft auf ihn einwirkte, wie wir denn überhaupt just dann, wo wir's am wenigsten glauben, wo wir uns lediglich mit unsern Schmerzen beschäftigt, für alles Andere gestorben wähnen, die stärksten Eindrücke erfahren. Unsere feinsten, innerlichsten Theile sind ihrer Hüllen entkleidet, dem Einflusse offen; deßhalb bemerkt man so oft, daß im exaltirtesten Schmerze über einen Herzensverlust ein neuer Ersatz viel eher und öfter gefunden wird, als wenn unsere Organe wieder in stumpfe Ruhe eingewiegt sind.

Der Franzose war ganz Franzose und Politik: den Parisern war just einer der Coups geglückt, woraus in Ermangelung ruhiger, organischer Entwickelungen, seit langer Zeit schon ihre Geschichte ergänzt wird. Das ganze Faktum mit allem, was Glück, Zufall, Situation, drum und dran gehangen, ward in sprudelndem Enthusiasmus dem Verdienste zugeschrieben, und er mit seinen Landsleuten nahm sich in dieser Beleuchtung äußerst anregend und beneidenswerth aus.

Gustav, ohne den Begriff Objektivität zu kennen, fühlte eine Art Bedürfniß desselben, er suchte, oder sein gesunder Instinkt suchte außen liegende Interessen, er fragte nach Politik. –

Vielleicht hat jeder gesunde Mensch den unwiderstehlichen Trieb in sich, in bedrohter Lage sein Leben zu retten, das Leben nämlich vor allem Nebligen, jede baare Verzweiflung mag eine Krankheit sein, das Aufgeben der Existenz ein Mangel an wirklicher Lebenskraft. Gustav, obgleich wüst und ohne Gedanken und ohne die mindeste Aussicht, jemals noch in einen leidlichen Zustand zu kommen, griff doch selbst in seiner Bewußtlosigkeit nach dem, was einem Anhalte ähnlich sah, wie der Schiffbrüchige einsam auf unabsehbarem Meere nach einem

Felsenriffe arbeitet, obwohl er weiß, daß er dort umkommen, verhungern muß, er rettet sich doch vom nächsten Tode.

Ein Leben in der Politik hatte so gar keine Berührung mit Gustav's zu Grunde gegangenen Interessen, daß er gerade deßhalb eine Hilfe, eine Unterstützung darin zu finden hoffte; in der Noth greifen wir wohl instinktmäßig nach dem Nächsten, aber wir hoffen nur vom Aeußersten.

Er setzte sich auf die Post und fuhr nach Paris, ohne die Sprache ordentlich zu kennen, ohne von Frankreich etwas Ordentliches zu wissen. Das gab die schmerzlichsten Folgen; der alte Wiener hatte ihn gewarnt, aber Erfahrungen können eben nicht gelehrt, sondern müssen gemacht werden. Unter dem fremden Volke, den ungewohnten Gebräuchen und Verkehrsarten kam er sich vor wie in der Wüste; hatte ihn Berlin wegen seiner Verschiedenartigkeit gequält, so glaubte er in Paris sterben, verderben zu müssen, sah sich wie ausgestoßen, von der ganzen Welt verlassen an; hatte er vorher geglaubt, es sei ihm ein Bedürfniß, nicht gesehn, nicht beachtet zu werden, so erschien er sich hier, wo Niemand die geringste Notiz von ihm nahm, wie gebrandmarkt, er bildete sich manchmal ein, die Menschen hätten alle eine Verschwörung gegen ihn gebildet, jeder Einzelne kenne ihn wohl, und bestrebe sich, ihm völlige Nichtachtung zu bezeigen.

In solcher Zeit bricht aller Stolz, alle moralische Kraft, einem niedrigen Tagelöhner möchten wir uns rücksichtslos ergeben, damit wir einen Menschen hätten, das Uebersehen der kleinsten Theilnahme, welche uns geboten worden ist, tritt mit Reue ausgerüstet vor unser Gedächtniß. Das war doch Einer, sagen wir uns, welcher die allgemeine Verschwörung gegen Dich einen Augenblick außer Acht ließ, warum hast Du den Augenblick nicht benutzt, er kehrt nimmer wieder. Und Angélique! Angélique! rief Gustav aus, sie ist ja doch auch einmal den Menschen treulos geworden, ach, wenn sie Dir jetzt nur noch ein Theilchen jener Theilnahme schenken, Dich zu dem schlechtesten Diener annehmen wollte, der die niedrigsten Geschäfte zu verrichten hat! Du wolltest verkümmern, wenn sie einen Andern umarmte, aber dies Verkümmern wäre ein Glück gegen diesen grausam öden Zustand!

Brauchen wir selbst bei einer ganz beachtenswerthen Bildung, die im Hintergrunde unsers Wesens ruht, eine gewisse Kraft für schwierige Lagen, um uns auf diesen Halt stützen zu können, wie rettungslos wanken und schwanken wir ohne diese Bildung! Jedem Zufall fühlen wir uns preisgegeben, denn wir haben nichts, was uns nicht geraubt werden könnte, auf Diskretion sind wir den Wogen der Welt überliefert – selbst an Wlaska konnte Gustav denken, und sich vorwerfen, daß er sie von seiner Theilnahme abgewiesen habe.

So saß er denn auf seinem glatt meublirten Stübchen, Sonne und Regen liefen draußen warm über die Straße, bunte, wirre Menschenmenge strich unten geräuschvoll auf und ab, schnell gesprochene Worte der ihm halbfremden Sprache waren zuweilen von unten herauf und draußen im Korridor zu hören und erinnerten ihn nur daran, daß er wildfremd und ohne allen Bezug da sei. Der einzige Trost dieser Zeit war ein deutsches Buch, was er im Winkel seines Koffers fand, »die Erzählungen deutscher Ausgewanderten« von Goethe. Wunderte er sich auch, wie man so einfache Dinge beschreiben, besprechen könne, war ihm auch Ursache und Mittelpunkt des Buches fremd oder doch unentdeckbar, einer wohlthuenden Wirkung ward er doch inne, und gab sich ihr zuweilen dergestalt hin, daß er sich von Thränen in den Augen überrascht fand, wie in den Armen der Heimath, wie in den süßesten Reizen derselben glaubte er sich zu fühlen bei dieser Lektüre, unter sanften, wohlgebildeten Menschen, die eine Theilnahme, ein Mitleid, einen ermuthigenden Trost auf der Lippe haben für alles große und kleine Weh, auch für selbst verschuldetes. Denn er fing jetzt an zu glauben, daß er schuld sei an seinem Unglück, weil er einzusehen begann, daß er niemals etwas gethan, gelernt, geübt habe, was ihm Halt und Nachdruck von innen heraus gewähren könne, und weil er doch sah, wie alles in den einfachen Darstellungen seines deutschen Buches auf eine Hinterwand des menschlichen Inneren gelehnt sei.

Lernen mußt Du, lernen! rief er, wie die Leute denn immer glauben, es ließe sich Alles wieder gut machen durch eine einzelne gewaltsame Anstrengung, die eine einzelne bleiben kann, auch wenn sie Jahre lang dauert.

Aber die Politik, welche ihn hergelockt hatte, und welche wie das zunächst Nothwendige aussah, was gelernt werden müsse, empfing ihn sehr übel. Da sollten Journale gelesen werden, deren tausend kleine historische Bezügnisse er nicht kannte – es ist, als wenn ein Fremder in große Familienkreise tritt, da hört er eitel Stichworte, auf welche man einfällt, lacht, bewegt wird, ihm aber sind sie fremd, er bleibt unberührt, geht wie ein halb Tauber umher, Niemand gibt sich die Mühe, ihn einzurichten, und wenn er nicht warten kann, bis er selbst ein Quantum Geschichte miterlebt hat, so muß er von dannen gehn.

Wie hätte aber Gustav in seinem unruhigen, prickelnden Zustande warten können!

Seufzend ging er im Zimmer umher; selbst dafür fehlte ihm die Kraft, sich ganz und tüchtig in seinen Schmerz zu versenken, selbst für diesen Trost in Größe und Tiefe des Schmerzes war er zu oberflächlich – nach außen hin flüchten solche Leute in die Theater; das Theater ist gefällig für Alles, und schon darum eine so große Befriedigung. Es bringt alle Nüancen der Lebensreize: dem Nachdenklichen Stoff, sich zu versenken, dem Leichteren Anhalt und Bewegung, sich fortzuschaukeln, dem Zerstreuten Abwechselung, Anfänge – Gustav ging in die italienische Oper. Da, in dieser musikalischen Welt kann man ohne Anstrengung, ohne Gedankenoperation mitschwimmen, seine Innerlichkeit angeregt fühlen, ohne die Sachen beleidigend bei Namen rufen, deutliche Bekenntnisse ablegen zu müssen.

Das glänzende Haus, diese Quelle europäischer Moden empfing ihn ganz artig: Putz, Glanz, Wohlthätigkeit üben stets ihren Zauber, bringen den Duft einer geschenkten Welt, die auf Glück angewiesen sein kann. Nur ein aufgelöster, innerlich vernichteter Mensch kann in der italienischen Oper zu Paris diesem Eindrucke ganz entgehn, nicht aber ein blos gestörter, wie Gustav war. Jung, körperlich kräftig, nur von Zufälligkeiten verlassen und betrogen, konnte er sich im Grunde noch nicht schlimmer befinden, eine eigentliche Geschichte, welche die Notwendigkeit seines Lebens in sich eingeschlossen hatte, war in ihm nicht getödtet, denn er hatte noch keine gehabt, er war wie die meisten Menschen noch nichts gewesen, als eine Pflanze, die von der Natur geschaffen und gezeitigt worden. Regen und Sonnenschein lassen sie einmal gegen Gewohnheit im Stiche, sie neigt ihr Haupt, aber die Bildlingskeime ihrer Wurzel, die noch auf keine Weise in Anspruch genommen sind, ruhen noch unverletzt in ihr, ein warmer Regen, ein kräftiger Sonnentag können alles wieder gut und besser machen. Solch sogenanntes Unglück ist nur eine Decke, die abgehoben werden kann, die meisten Menschen lassen sich durch die herkömmliche Meinung, die stehenden Formeln der Gedanken – und schlußweise unglücklich reden; im Grunde haben sie nur die Gelegenheit zu suchen, wie ihnen ein Freimachen gelinge; diese Gelegenheit ist Alles, ist ein Glück, was selten so genannt wird – hemmt die unergründlich kräftige Natur nicht, weckt vielmehr die ewig existirende Befähigung, glücklich zu werden, und ihr könnt das Glück alle Tage finden. Das wahre Unglück besteht darin, daß die Menschen sich jämmerlich glauben.

Alle Gedanken liegen in allen Menschen, auch die gebildetsten in den ungebildeten Leuten; sie können von diesen nicht entwickelt, nicht gedacht werden, aber als Hauch werden sie empfunden mehr oder weniger: Gustav wußte von dem eben angeführten Ideengange nichts Rechtes, aber er empfand ein tröstliches Behagen, wie es solcher Ideengang hätte erzeugen können, als er sich während der lockenden Ouverture auf seinen Sitz niederließ, mitten unter geputzten schönen Leuten, denen es auf der Stirn geschrieben stand, daß sie jeder Freude, jeder feinen oder kleinen Lockung gewärtig seien.

Gegen Ende der Oper ward er auf eine Loge gegenüber aufmerksam, der Hut verbarg ein junges Damengesicht, Lebhaftigkeit des Gesprächs und der Bewegung gab nur wechselnd ein wenig des Profils seinen Blicken; aber es war hinreichend, ihn in die lebhafteste Aufregung zu versetzen. Die Oper war zu Ende, die Dame erhob sich, er sah ihr volles Antlitz, und mit dem Ausrufe: »Angélique!« sprang er auf und eilte nach der Thür. Aber schon waren die Korridors mit Hinausgehenden angefüllt, er konnte nur langsam vorwärts, auch wußte er die Logennummer nicht; als er an den wahrscheinlichen Ort kam, war Alles leer. Das weite Paris fiel ihm ein, eine quälende Angst überkam ihn, er drängte sich mit leidenschaftlicher Hast Treppe auf, Treppe nieder; umsonst, er eilte an den Ausgang; aber es gab mehr als einen; noch einmal drückte er sich durch die Menschen zurück, auf der Treppe kam er nicht weiter, und mußte umkehren – da, da am Ausgange war sie, und blickt sie nicht ebenfalls zurück, und winkt sie nicht? Monsieur – mais Monsieur! hieß es von allen Seiten gegen den rücksichtslos durcheilenden Gustav. –

Angélique! rief er im Portale, als eben der Wagen rasselnd fortrollte in's weite unendliche Paris hinein – hastig stürzte er wohl nach einem Fiaker, aber der Wagen war nicht mehr zu erkennen, nicht mehr einzuholen, zwecklos, trostlos fuhr der erregte Gustav bis nach Mitternacht in den Straßen umher.

In den nächsten Tagen durchirrte er nun ganz Paris, jedes Caffeehaus, alle Theater, öffentliche Orte, Spaziergänge wurden aufgesucht – Angélique war nirgends zu finden. Das Resultat war folgendes: Gustav war in einen lebhafteren Verkehr mit der Pariser Welt genöthigt, seine Aufmerksamkeit war herausgefordert worden, mancherlei reizende Eindrücke, denen nachzuhängen Zeit und Stimmung nicht gestattete, hatten sich angesiedelt und wucherten in der Stille; dies zeitigte den verborgen ruhenden Gedanken, dem Unglück zum Trotz Reize des

Lebens aufzusuchen, Freuden gewaltsam zu erzeugen, welche der herkömmliche Verlauf nicht gewähren wollte. Ferner: eine glühende Scham überstieg ihn, nochmals leidenschaftlich um ein Mädchen bemüht gewesen zu sein, das ihn mit dem Glücke verlassen habe. – Menschen, die niemals über Heiligkeit und sittliche Notwendigkeit starker Neigungen nachgedacht haben, bieten oft den unerfreulichen Anblick dar, daß sie einen ordinairen Stolz mit in Anrechnung bringen beim Bemühen um ihre Liebe. Dieser triviale Feind bester Regungen, die an sich in gar keinen Konflikt mit konventionellen Rücksichten der Art gerathen sollen, verwüstet oft die besten Keime. Gustav ließ sich plötzlich dergestalt davon überwältigen, daß er jetzt nicht mehr umgeblickt hätte, wenn er Angélique auf der Straße begegnet wäre. Und ihr zum Trotz, sagte er, willst Du jetzt Dein Leben genießen. Nur die edelsten und zugleich gebildetsten Naturen widerstehen der Lockung dieses Gegensatzes, beim Verlust der theuersten Reize sich durch die wohlfeilsten zu entschädigen, ein Gegensatz, welcher durch Drang, sich zu äußern, dem Unwillen und Trotze thätlich Raum zu geben auf das Ergiebigste unterstützt wird.

Gustav suchte jene flüchtigen Bekanntschaften großer Städte, welche so herausfordernd und Zerstreuung versprechend sind – dazu bedurfte es aber größeren Eingehens in Sprache und Interesse der Pariser, es mußte geredet, und irgend ein Interesse, wenn auch ein triviales, angeregt oder doch geheuchelt werden, denn die Pariser Grisette basirt ihr Element wie die Salondame auf Conversation. Der Reiz der Französinnen ist viel weniger ein blos äußerlicher, sie sind im Durchschnitt nicht besonders schön, und bedürfen zur Eroberung aller Beihilfe, welche Tournüre, Gewandtheit, kurz welche Aeußerungen gewähren, die nicht in das blos Körperliche zu rechnen sind. Dieser Anstrengung wurde Gustav bald müde, besonders da ihn nur Gereiztheit zu diesen Bekanntschaften getrieben hatte, und da er im Grunde nur einen sanfteren und gefälligeren Eindruck auf sein verletztes Herz brauchte, so blieb er bei seiner Zimmernachbarin, der sentimentalen Laurette rasten, die ihm mit einer gewissen Innigkeit zu begegnen wußte. Es wird übrigens bald zu bemerken sein, daß hier bei dem Worte sentimental nicht an den Begriff zu denken ist, welchen sich die Deutschen davon machen.

15.

Laurette sang des Morgens mit sanfter Stimme:

> Femmes voulez vous éprouver,
> Si vous ètes encore sensibles,
> Un beau matin venez rêver
> A l'ombre d'un bois paisible;
> Si le silence et la fraicheur,
> Si l'onde, qui fuit et murmure,
> Agite encore votre œur,
> A, rendez grace à la nature.

Dann klopfte sie an die dünne Wand, welche ihr Zimmerchen schied, wünschte ihm einen guten Morgen, und wenn sie Antwort erhielt, verspottete sie den langschlafenden Deutschen. Ihr habt keinen Sentiments, ihr blonden Leute, pflegte sie zu sagen, der Franzose schlummert nur, um zu träumen, ihr Bären aber schlaft, um zu schlafen, und Appetit zu bekommen, es ist ein wahres Unglück, einen Liebhaber aus Deutschland zu haben. Ihre Chocolade wartet schon lange, Monsieur!

Gustav kam dann, um bei ihr zu frühstücken – sie saß auf dem Fenstertritt und nähte Putz und sah allerliebst aus. Die Deutschen nennen es »wie aus dem Ei geschält.« Zu schwatzen hatte sie immer so viel, daß Gustav nicht zum Nachdenken über seine Lage kam, und das war ihm eben recht. Sie trug ein kleines Häubchen mit offnen, fliegenden Bändern, hatte schwarze Augen, eine feine längliche Nase, die schönsten Zähne, einen kleinen wunderschönen Fuß, der seine eigne Geschichte auf dem Tritt zu spielen wußte, in allerhand kleinen zierlichen Bewegungen – nicht selten pflegte sie zu sagen: mein Fuß ist heut sehr republikanisch gesinnt, ist voller Emeuten und will keine Fesseln dulden, Monsieur Gustave, helfen Sie ihm! Dann mußte er ihr das Stiefelchen aufknöpfen, und wenn er Lust hatte, den weißen, prallen Strumpf küssen. Ihre Taille war ganz Taille – die Taille das bin ich, pflegte sie zu sagen, ohne Taille gäb's für mich keine Existenz. Nur Barbaren, wie Ihr, können behaupten, wir seien zu dünn und zu mager, dicke Weiber haben kein Herz, oder ein unzugängliches, versteckt, verbaut, verwachsen mit Fleisch und Masse, ach das Herz, weil es so offen liegt, erfährt so viel Freude und so viel Schmerz, oh, mon cher ami, so viel Schmerz! Aber dieser Schmerz ist das Beste auf der Welt.

Mein schöner Maurice, ich weiß es, tobt jetzt lüderlich in Paris umher, weil ich ihm adieu gesagt habe; aber konnt' ich anders? hat es mich nicht auch geschmerzt wie ein Dolchstich? enfin, es ging nicht anders, er wurde eigensinnig, ungezogen, er vernachlässigte alle Galanterie, auf dem boulevard des Italiens hab' ich an einem Abende dreimal mein Taschentuch fallen lassen und hab' es zweimal selbst aufheben müssen, das dritte Mal that's ein schöner blasser Mann, mit einer breiten Schmarre auf der Stirn – 's mag ein tapfrer Mann sein, oh die Schmarre war groß, und in den Augen lag so viel Muth, ein sehr interessanter Mann, und ich denke ihn wohl ein mal wieder zu sehn; Monsieur, Sie könnten mich heut Abend auf den boulevard des Italiens führen – ja, denken Sie, Maurice hat's nicht ein einzig Mal aufgehoben, da war es aus. Und eifersüchtig wollt' er auch sein, ah, hübsch eifersüchtig, das ist was Reizendes, aber unartig muß er nicht werden; man muß sich lieben, ah, man muß es nicht treiben, wie die Hortense da drüben und die Juliette, meine lustige Freundin, und wie die meisten meiner Bekannten, nein, mein Herr, das ist eine Tändelei; von zarter Rührung, von höherem Gefühle wissen sie nichts, sie haben nie im Boulogner Walde geschwärmt, sind nie mit einem empfindsamen Romane auf kurze Zeit unglücklich gewesen – Monsieur Gustave, Sie glauben's wohl nicht, ich habe viel in meinem Leben schon empfunden. Schon von Jugend auf, aus Familienrücksichten; hören Sie – aber wer wird so viel zum Frühstück essen, so viel! hören Sie! Meine Mutter ist sehr schön gewesen, sehr schön, alle Leute auf dem Cours in Marseille nannten sie die schöne Louison; ein Gardist, mein Herr, von der alten Garde des Kaisers, er ist mit in allen Welttheilen gewesen, gegen die Menschenfresser in Afrika und gegen die Fischfresser an der Oder, hat einen prachtvollen Schnurrbart gehabt, und ist so galant gewesen, wie sonnenverbrannt und tapfer, also der Gardist, ich glaube, er hat Charles geheißen, hat meiner Mutter die Cour gemacht und sie haben sich heirathen wollen, da ist eine große Schlacht passirt und die Russen haben ihn todtgeschossen, die abscheulichen – ist's denn wahr, daß sie alle nach Leder riechen? Also, wie ich denn auf die Welt gekommen bin, hab' ich schon keinen Vater gehabt; meine Mutter hat noch viel Glück gemacht und ist noch lange schön geblieben, aber als unsere Leute nach Algier schifften, da hat sie sich von einem jungen Ingenieur verleiten lassen, mitzugehen, und ist nicht wiedergekommen. Ich war damals im fünfzehnten Jahre und studirte bei Madame Marly die Kunst des Putzes; Madame Marly hatte einen blondgelockten sechzehnjährigen Sohn, der war sehr liebenswürdig, ging mit mir spazieren, las mir Gedichte und Theaterstücke vor und lehrte mich höhere Empfindungen; aber wir Frauenzimmer machen darin schnellere Fortschritte, ich hatte den hübschen Robert bald überholt, und der schwarze Armand, der in unserer Nähe wohnte, schien mir unterrichteter und vorzüglicher. O, Monsieur, mein Armand war wirklich ein gefährlicher Mann, wir gingen zusammen hierher nach Paris, und wer weiß, was aus mir geworden wäre, hätten sie ihn nicht am 6. Juni beim Kloster St. Mery erschossen, denn er war ein ganzer Republikaner, und sehr streng und schlimm, auch gegen mich – oh, mon pauvre Armand! – wenn ich mir irgend einen hübschen Burschen genauer ansah, sehr streng und schlimm; ich fürchtete mich auch manchmal ein wenig vor ihm, aber ich hätte vielleicht nie von ihm lassen können, nun, er ist todt, der Arme, lassen wir ihn; dann kam Maurice, um mich zu trösten, und Sie heißen Gustave, Monsieur, nicht wahr?

Und die Leute hast Du alle geliebt, Laurette?

Vraiment, und warum? Die kleinen Spielereien dazwischen hab'
ich vergessen. –

Und das nennst Du Liebe?

Mon dieu, wie sonst?

Wir nennen das Passionen.

Eh bien, ist das was anders?

Man sagt's; in Deutschland sollen sie einander mitunter so zugethan sein, daß alle übrige Welt für sie aufhört, daß sie alle übrige Welt in einander erblicken.

Ja, aber wie lange?

Immer. –

Oh! wollen Sie eine solche Passion für mich haben, Monsieur Gustave?

Nein; ich glaube nicht an die Uneigennützigkeit der Neigung. –

Was ist das Uneigennützigkeit der Neigung? A propos, das ist recht schön, die ganze Welt für eine Person aufzugeben, aber ist es nicht kindisch, da es so viel in der Welt giebt, ist es nicht wenigstens in Paris kindisch?

Gustav ertrug diese Tändelei mit Laurette doch nur eine kurze Zeit; er sagte sich vor: es ist eine Tändelei der Verzweiflung, und Du willst zur Kurzweil ein wenig damit experimentiren.

Als er denn eines Abends nach Hause kam, und Laurettes gewöhnliches Feierabendliedchen hörte:

> »Eh, que fais tu ici ma Jeannette,
> Que fai tu ici à la porte?
> J'attends ici ma maitresse,
> Qui va entrer au cabaret.«

trat er mit den Worten zu ihr ein: Es muß Abschied genommen werden, Laurette. –

Eh, warum mon cher?

Ich habe im Spielhause meine letzte Baarschaft verloren, und habe keinen neuen Zufluß zu erwarten.

Oh, das ist schlimm; aber ich habe in der letzten Woche wenig gebraucht, reicht ein Weilchen für uns beide. –

Ja, was hilft ein Weilchen.

Ah, ein Weilchen ist Alles, jede nächste Zukunft ist ein Weilchen, nous verrons.

Diese Gutherzigkeit hatte etwas Rührendes für ihn: seine wirkliche Liebe hatte er nur des Geldes willen verloren, eine leichtsinnige Grisette theilte ihre letzten Franks mit ihm! Wie schmeichelte das einem Herzen, das sich aufgegeben hatte, und er glaubte wirklich ein paar beglückte Tage zu genießen, als Laurette lachend und scherzend für ihn sorgte.

Es waren aber nur einige Tage: wiederum kam er gegen Abend nach Hause, wiederum hörte er in ihrem Zimmer singen, aber es war ein ganz kräftiger Tenor, der die Worte recitirte:

> J'attends ici ma maitresse,
> Qui va entrer au cabaret. –

Es wurde gelacht und geschäkert bei Laurette – sie rief wohl einmal: Monsieur Gustave, sind Sie zu Hause? Ich habe Besuch – wie geht es Ihnen? sie hatte am andern Morgen auch noch Frühstück bereitet, aber sie war zerstreut – kurz, die Herrlichkeit war zu Ende, und Gustav lachte bitter. Was er im Scherz gesagt, sah er jetzt im Ernste herannahn: seine Kasse ging zur Neige. Bis diesen Augenblick hatte er nicht daran gedacht – fort nach Deutschland, fort aus dieser Wildniß rief er, packte, legte Lauretten eine Entschädigung für ihre Auslagen in's Nähtischchen und fuhr in einem Striche wieder bis Berlin zurück. –

– Dieser Ausflug nach Paris hatte ihm, wie man sich auszudrücken pflegt, den Gnadenstoß gegeben.

16.

Die Kinder erben der Väter Sünden, heißt wohl zunächst: sie erben den Glauben der Sünde, wie ihn die Väter gehabt, sie halten das ebenfalls für Sünde, was jene dafür gehalten haben. Gustav empfand die Schmerzen, wie sie ihn die Tante gelehrt hatte – wie wenig Menschen empfinden individuell, so wie der Bezug auf die sogenannte Moralität gerichtet ist!

Diese Pariser Zustände hatten ihn vernichtet: eine Konsequenz bis in's Kindische war ihm von Jugend auf als etwas Nothwendiges, Unverläßliches vorgestellt worden, wie hatte er sie verletzt, als er Angélique in Paris zu sehen meinte! Sein wilder Versuch, sich durch ordinaire Freuden zu entschädigen, wie war er entsetzlich! Sein Verkehr mit Laurette, wie war er unsittlich! Und was blieb nun übrig auf der Welt? Zuerst die äußere Welt verloren, dann des Herzens Welt, nun alle innere – Vernichtung, Fortvegetiren ohne Gedanken, wenn es irgend zu bewerkstelligen war. Schlafen, über Trivialitäten sprechen um nicht zu sich zu kommen, das war das Nächste, mitunter fühlte er's jetzt bei diesen Gesprächen, daß nur ein dünner Nebel zwischen ihm und der Verstandeslosigkeit hinge, den ein rasches, energisches Verlangen seines Geistes und Herzens zerreißen könne; richte, lehne Dich jetzt einmal entschlossen auf, flüsterte es in ihm, und Du bist schnell fertig mit dieser Anschauungswelt. Solch Bewußtsein, unsere Welt des Gedankens und geistigen Verkehrs auf solche Weise in der offnen Hand zu haben, daß man in jedem Momente sich ihrer entäußern kann, hat zugleich etwas Entsetzendes und etwas Beruhigendes.

Wie beneidenswerth erschien Gustav das Unglück, als er von Prag geflohen war! Damals warst Du reinen Unglücks, jetzt bist Du befleckt – fort, weiter! Der Mensch muß immer etwas zu bedauern, zurückzuwünschen haben.

Er setzte sich auf die Post, welche eben abging – ihr Cours war nach Stettin.

Da stand er nun mit übereinander geschlagenen Armen auf dem Damme der hoch und voll gehenden Oder, es war ein frischer, klarer Herbsttag, der Wind jagte einzelne trockne Blätter vor sich her, unten am Flusse war eifrig Treiben und Geschäft, man lud Schiffe aus, und befrachtete andre. Kalt und herbstlich war es in ihm, doch bedünkte es ihm ein Genüge, immer weiter in den Norden hinein zu kommen, den er sich kahl und still und öde dachte.

Ein Schiffer sprach ihn an und fragte, ob er einen Platz suche auf seinem Fahrzeuge, noch heut Abend gehe es ab nach Danzig, und einen sehr mäßigen Preis nannte er für Fahrt und Kost. Nach Danzig? Das ist noch weiter draußen, da hinten, wo es still und einsam wird, dachte Gustav – ja, ich will mit Euch fahren. Der Schiffer fragte nach der Wohnung des schnell gewonnenen Passagiers, um das Gepäck abholen zu lassen – um sieben Uhr war die Abfahrt festgestellt. Als ob er eine Art Beruhigung gewonnen hätte, ging Gustav nach seinem Gasthofe, es war doch ein neues, weiter abliegendes Ziel gefunden; so sehr brauchen wir eine gewisse Bestimmung, um eine üble Existenz zu tragen, es ist, als wäre unsern aufgelösten Kräften dann die nothwendige Leitung abgenommen, wir fühlen uns wieder eingefügt in den Verband der Welt. Soll es doch den Unglücklichen sichrer und ruhiger machen, welchem Tag und Stunde der Hinrichtung angekündigt wird, auch die festgestellte ärgste Strafe ist ihm ein haltender Beweis, daß er wieder in die Rechte und Folgerungen der Gesellschaft eingeschlossen sei. Der Stärkste verlangt mit unbändigem Geiste, allein zu bleiben, aber alle Neigungen in ihm suchen und brauchen einen Verband mit der Welt.

Es war Gustav ganz ungelegen als der Schiffer gegen Abend sagen ließ, die Reise könne erst den andern Morgen angetreten werden, und als sie am andern Morgen wieder bis zum Abende hinaus geschoben wurde, da fühlte er sich äußerst ungeduldig und ärgerlich, obwohl er in Danzig nicht mehr zu suchen und zu erwarten hatte, als in Stettin. Ein junger Kaufmann, der mitreisen wollte und Gustavs Ungeduld sah, drückte ihm sein Bedauern aus, er wisse wohl, wie schmerzlich solch unnützer Verzug sei, wenn man ein dringend Geschäft habe, auch ihm könne ein Verlust erwachsen, wenn der Schiffer noch lange zögere.

Wie trifft es uns empfindlich, wenn wir neben uns den Menschen mit solch bestimmtem Zwecke sehn, das Leben desselben dünkt uns so erfüllt, so glücklich!

Am nächsten Morgen sah sich Gustav auf offner See, so weit das Auge reichte, nichts als Wasserwüste, für das Ohr nichts als klappernde Taue, Geschäftsworte des Schiffers – o, das that ihm wohl! Hier war Alles anders: nichts von den Beziehungen einer Welt, die ihm so verleidet war. Alles abgeschnitten ohne Verbindung! Wie sehnlich wünschte er, das Meer möge nirgends Ufer haben, fort, fort in's Graue und

Unendliche möge die Fahrt gehn in dieser Weise, wo nichts zu denken, zu beschließen sei, wo er hineindämmre ohne weiteres Zuthun in eine Zukunft, in eine Vergessenheit.

Daß er Vergessenheit unklar wünschen mochte, war das einzige Zeichen verborgener, bedeckter Jugendkraft in ihm: wenn man vergessen will, dann will man eigentlich auch einen neuen Zustand. Und einen Bootsmann beneidete er, der nach gethaner Arbeit in den groben, starken Fäusten sein schwarzes Brot hielt und es mit unverkennbarem Behagen verzehrte. Könntest Du doch auch etwas verrichten, dachte er, was Dir ein einfach Mahl als erworbenen Gewinn verschaffen könnte. Er bat den Schiffer, ihm eine Beschäftigung anzuweisen, dieser lachte ihn aus, und der junge Kaufmann lachte tüchtig mit, Gustav war nicht stark und klar genug, es durchzusetzen. So saß oder lag er denn auf dem Verdecke und sah in die Weite; mocht' es ihn auch übrigens quälen, wenn der junge Handelsmann von seinen Plänen und Aussichten für die Zukunft sprach, weil ihm das die Meeresöde zu rauben drohte, so that es doch nicht viel, da des jungen Mannes Bezügnisse und Wünsche all auf materielle Sachen gingen, die Gustav nicht kümmerten, auf Besitz von Gold und Gut und äußere bürgerliche Stellung, und es erlöste ihn von etwas Anderem. In den ersten Momenten des Meergenusses nämlich hatte er gedacht nun allem Denken entrückt zu sein, er wurde aber bald inne, daß man auch in der anhaltslosen Wüste und just in der Wüste Gedanken produciren müsse; den Gedanken entrinnt man so wenig wie der Luft, und sie sind dem Geiste nöthig wie dem Körper das Athmen.

Freilich erinnerte ihn der Gedankengang des Kaufmanns auch an die zusammengeschrumpfte Börse: er zog sie heraus und fand, daß sie nur noch wenige Thaler enthielt; er lächelte, die Folgerungen blieben ihm immer noch fremd.

Heftige Seekrankheit, welche die kurzen, raschen Wellen der Ostsee zu erzeugen pflegen, machte allem Denken ein Ende; in diesem Zustande gibt es nur ein Fürchten, und es soll eine Naturmerkwürdigkeit sein, daß dies entsetzliche, angstvolle Uebelbefinden noch Niemand zum Selbstmorde geführt hat. Todtkrank trat er an's Land in Danzig und ließ sich nach einem Gasthofe führen, unbekümmert um Börse, Herz und Zukunft. Am nächsten Morgen war alles körperliche Uebel verschwunden und vergessen, er betrachtete die stattliche, alte Hansestadt, welcher jener mittelalterliche Hansestempel noch überall aufgedrückt war. Zu seinem Erstaunen fand er vor den Thoren reizende Hügel, von denen über Stadt und Meer eine prachtvolle Aussicht dargeboten wurde, seinem ursprünglichen, unbefangenen Wesen zum größten Genusse, seinem raffinirenden Geiste aber zu einer Art von Betrübniß. In einer stumpfen, reizlosen Welt wollte dieser untergehn, wie er sich vorsagte; aber mit welchen Mitteln konnte er sich nun weiter bringen? Die paar Maler waren nach wenig Tagen im Weinhause verzehrt, wo er zu frühstücken pflegte, im Gasthose bildete sich eine Rechnung, kleine, stündliche Anforderungen an die Börse, welche der Tag mit sich führt, ließen den Mangel nicht mehr ignoriren, die direkteste klägliche Verlegenheit war da und mahnte ungestüm.

Zweitausend Thaler nicht zu haben ist viel weniger unangenehm, als zwei Groschen nicht zu haben, wenn man sonst ein anständig Kleid trägt und einen Roman gelesen hat. Seit das Geld so überaus wichtig und nothwendig geworden ist, daß selbst der Reiche desselben nicht eine Stunde mehr entbehren kann, ohne in Verlegenheit zu gerathen, seit der Zeit ist aller abstrakte Idealismus unmöglich geworden, und es gibt keine ungestörte poetische Verzweiflung mehr.

Wer weiß es nicht, daß die kleinen, jämmerlichen Uebelstände der Gesellschaft tiefer beugen, als die höchsten menschlichen Leiden, wer weiß es nicht, wie viel Erziehung und Gewohnheiten dazu beisteuern! Auch hier ist das Glück Alles. Ein leichtsinniges, ja lüderliches Leben geführt zu haben, was weiter keine Folgen bringt, als daß wir und die Leute viel von uns zu erzählen haben, das macht interessant. Ist es unglücklich abgelaufen, hat es Krankheiten und große Störungen zu Wege gebracht, dann wird es der schneidendsten Beurtheilung und Verurtheilung preisgegeben. Ein Lord, der um seinen Herzenskummer tolle Streiche macht, ist eine poetische Figur, ein mittelloser, unbegüterter Mensch, der innerem Drange rücksichtslos nachgibt, ist eine Misere, wird verspottet, verhöhnt; wenn er die Zeche nicht bezahlen kann, geschmäht und zu den Vagabunden geworfen. Das Verhältniß ist Alles in einer Welt, die durch und durch das Produkt einer Kunst ist, darum kann Niemand das Glück entbehren, denn das Glück ist ein günstiges Verhältniß.

Gustav, auferzogen in diesen geläufigen Beziehungen, die Dinge nach ihren Folgen zu beurtheilen, die Existenz darnach zu schätzen, wie sie sich äußerlich, gesellschaftlich darstellt, fühlte sich ganz und gar vernichtet in seinem jetzigen Zustande, der Gemeinheit rettungslos verfallen. Denn der Begriff von Gemeinheit lag ihm nicht in der Gesinnung, sondern in der Art, wie er gegen die Welt erschien, wie er, der besitzlose junge Mann gegen die Welt erschien. Im Hintergrunde sah er fortwährend seine Tante, wie sie ihn starren Auges und händeringend betrachtete. Dies war der Moment, wo ihm der Tod als einziges Rettungsmittel erschien; so viel gewaltiger wirkt auf solche Menschen das, was sie Schande, als was sie Unglück nennen. Wie oft wundern wir uns, vom Selbstmorde zu hören, den kleinliche Sorgen und Trivialitäten erzeugt haben – es ist ein Bezeichnendes unsrer Zustände, daß uns das Detail über den Kopf gewachsen ist, – in der alten Zeit hat sich nicht leicht Jemand um Nahrungssorgen das Leben genommen, weil die Gesellschaft einfacher, die Bedürfnisse geringer und wohlfeiler waren, da war Raum, nur den größten Regungen sich hinzugeben. Die jetzige Aufgabe ist darum, die Fähigkeit für größere Regungen zu retten, die Aufmerksamkeit aber für alles Detail wach zu erhalten, weil es der ihm gewordenen Bedeutung halber kein Detail mehr ist, sondern größte Bedeutung gewonnen hat.

Großes Uebel hebt und trägt sich selbst, weil es seinen eigenen Dunstkreis mit sich führt, und von einer menschlichen Ewigkeit durchweht ist; kleiner Jammer, der immer ohne Verbindung mit den großen Gefühlen des Menschen bleibt, vereinzelt, wirft in's Haltlose, darum gehen die Menschen öfter an ihm zu Grunde.

Der Gedanke an diese letzte offen bleibende Rettung ließ Gustav noch so einige Tage hinleben, er fand einige poetische Bücher, mit deren kühnen Bezügnissen er sich höhnisch über die Jämmerlichkeiten der bürgerlichen Existenz erhob – das war kein Werk der Einsicht, sondern der Verzweiflung, aber es half doch für den Augenblick. Uebrigens ließ er durch einen Hausirer, den er in einem entfernten Stadttheile aufgriff, seinen Siegelring um den ersten besten Preis losschlagen; er selbst hätte sich geschämt, damit vor den Goldschmied zu treten, und wagte es lieber mit dem Hausirer auf die Gefahr, daß dieser ihm mit dem Ringe davon laufen könnte.

Der Ertrag des Ringes gab die Mittel, wieder einige Tage in das Weinhaus zu gehn, wohin er sich auf eine unerklärliche Weise gezogen fühlte. Dort saß er in einem dunklen Winkel und starrte düster vor sich hin, bis im Nebenzimmer die Stimme eines jungen Mannes sich erhob, welche jedesmal die auffallendste Wirkung auf ihn ausübte; es war, als ob damit eine leise Freude durch sein Herz flöge, und bei dem übrigens dumpfen, erstarrten Zustande desselben war selbst dieser schwache Eindruck ein sehr angenehmer. Das Angesicht des jungen Mannes hatte Gustav niemals ordentlich gesehen, da jener gewöhnlich schon im

Nebenzimmer saß, wenn dieser eintrat, und entweder länger blieb, oder beim Weggehn rasch vorüberschritt. Es war eine lange, schlanke Figur, und der Unterhaltung nach war er sehr lebhaft, er sprach meistens von ausgezeichneten Charakteren, wie sie in unserm schlechten Leben gar nicht mehr zu finden seien, von den prosaischen Menschen und Verhältnissen heutiger Zeit, von der plumpen Uebermacht des Geldes. –

Vielleicht waren es diese Richtungen des Gesprächs, welche Gustav so lebhaft an ihm interessirten. Vom Beifall, von der Ungerechtigkeit, vom Publikum war auch wohl die Rede, das ging aber als bezuglos an Gustav vorüber.

Indessen war der wohlfeil verschleuderte Ring auch verzehrt und es mußte an Weiteres gedacht werden; der Zimmerkellner hatte ein so gutes, zuthunliches Wesen, daß sich Gustav mit der goldenen Uhrkette an ihn wandte; sie gewährte allerdings wieder Fristung; aber Gustav hatte es nicht über sich vermocht, den Kellner um Stillschweigen über den Verkauf zu bitten, der Wirth sandte die Rechnung, erschien am Ende selbst; Gustav glaubte in die Erde sinken zu müssen, als er nach einer Lüge greifen und dem Gastwirthe vorreden mußte, er warte auf Briefe und Wechsel.

Du kannst das nicht länger ertragen, und den endlichen Ausbruch solchen Skandals abzuwarten bist Du nicht im Stande, sagte er vor sich hin, nahm seinen Hut und eilte in Verzweiflung fort.

17.

Absichtslos kam er in die Nähe des Weinhauses, der lange Mann mit der ihn so ansprechenden Stimme ging redend neben einigen andern Männern an ihm vorüber und trat in's Haus. Gustav hatte nicht dahin gewollt, aber die Stimme zog ihn nach; diesmal begegneten sie sich im großen Zimmer und blieben prüfend, sinnend vor einander stehn – Gustav? – Gustav? irr' ich mich nicht? rief der Herr – Gustav kam nicht so schnell auf den Namen – aus Prag? fuhr jener fort – ich heiße Victor.– Nun wurde die Erkennung vollständig; der Jugendgespiele Victor war es, und dieser beging das Wiederfinden mit einem solchen Aufwande von jubelnder Freude, ja mit Entzücken und Emphase, daß Gustav die Empfindung hatte, als würde er aus einer eisigen Atmosphäre in ein weiches, warmes Bad gehoben, die natürliche Freude, einer solchen

Wärme zu begegnen, ganz unverhofft zu begegnen, ließ ihn wirklich Alles vergessen. Und doch hatte er Victor seit der reiferen Knabenzeit nicht gesehen, nicht in dem geringsten Bezuge zu ihm gestanden. So mächtig ist das, was in unserm Leben ein Stück Geschichte geworden ist, so erhaltungseifrig und freude- und lebensbedürftig ist unsre Natur im Innersten, daß ihr das Kleinste hinreicht, sich aufzuraffen.

Kaum ein leichtes Erschrecken gab ihm die Nachricht, daß Victor Schauspieler sei – so hatte es ja früher in Prag schon geheißen – aber es gehe ihm vortrefflich, hieß es ja gleich dabei, und die schnelle Gedankenentwickelung in Gustav war natürlich; die Leute schmähen diesen Stand und sehen ihn verächtlich an, und Victor befindet sich vortrefflich dabei, und Du? –

Victor kommandirte gleich den besten Wein und ein glänzendes Frühstück; der Wirth räumte vorsichtig ab, was auf dem Tische stand, und sah dabei so gewiß fragend dem Bestellenden unter die Augen, und als dieser keine Notiz davon nahm, über Gustav hin, der noch stattlich und solid gekleidet ging, dann gab er dem aufwartenden Kellner wie resignirend einen bejahenden Wink.

Victor's endliche Fragen, wie Gustav in diese entfernte Gegend komme, waren natürlich, eben so natürlich erklärt sich's aber auch aus Gustav's Wesen, daß dieser um keinen Preis den wirklichen Zustand der Dinge mittheilen wollte, obgleich er sich durch Auffindung des Jugendbekannten herzlichst und erfreulichst berührt fand. Es ist viel leichter, ruinirt zu sein, als es gegen Bekannte einzugestehen, die nichts davon ahnen. Gustav fühlte sich im Gegentheile angetrieben, den Überlegenen zu spielen, wie er früher gethan, und das reichliche Frühstück zu bezahlen; er bemerkte auch in der Aufregung nicht, daß die große Hälfte seiner neuen kleinen Baarschaft davon verschlungen werde.

Laß uns hinauswandeln in die Freiheit vor Wall und Thor, um unsre Herzen einander auszuschütten, sprach der junge Schauspieler und präsentirte aufstehend Gustav den Herren, welche mit ihm gekommen waren, oder in der Nähe saßen. Es war leicht zu sehn, daß ihm die Darlegung solcher Bekanntschaft eine gewisse Satisfaktion gewährte: so sehr sich Schauspieler über Vorurtheile hinwegsetzen, so sehr sie in Abrede stellen, eine üble Position in der Gesellschaft zu haben, so sehr sind sie im geheimsten Innern, oft ohne eigenes Bewußtsein, davon überzeugt, und die leerste Aeußerlichkeit, welche jenen Anklagen zu widersprechen scheint, ist ihnen von größtem Werthe.

Sie gingen in's Freie. Victor erzählte seine Schicksale; sie bewegten sich in der hierbei ganz gewöhnlichen Folge: Schöne, höhere Regungen hatten ihn frühzeitig über das ordinäre Treiben erhoben, er hatte nur voreilig Alles übersprungen, was zu einer tüchtigen Existenz führen kann, Kenntnisse, Wissen, Anhalt übereilt und überlaufen, und auf diese Art war seinen Händen immer ein fester Punkt nach dem anderen entwichen, so daß am Ende nichts übrig geblieben war, als der Ausdruck, das hohle Wort für große Dinge, das, was die meisten Menschen zum Schauspiele führt. Was hatte er nicht Alles erlebt! Freundschaften gewonnen von größter Bedeutung, die er nicht zu halten gewußt hatte, Weiber und Liebe, für die ihm keine dauernde Fessel zu Gebote stand – hundert Menschen können erobern, einer von ihnen kann das Eroberte bewahren. Denn zum Erstürmen genügen einzelne Eigenschaften, zum Erhalten braucht's einen rundum gefesteten Menschen, einen in Gesinnung bewährten Charakter.

Ich hab's verschleudert, vertändelt, meinte er, was mir das Glück und glückliche Fähigkeiten gebracht haben; der Wechsel reizt allein, und ich kann's täglich wieder erwerben! Diesen zuversichtlichen Ausruf strafte aber im Grunde eine trockne Kummerfalte Lügen, welche sich vom Nasenflügel nach dem Munde hinab zog. Das von Hause aus sehr glücklich und genial gebildete Antlitz hatte überhaupt schon etwas grell Gezogenes an sich, was wohl davon entstanden sein mochte, daß es sich ganz und rücksichtslos und täglich zur Darlegung übertriebener Leidenschaften hergegeben hatte; das große Auge sah so gewiß, starr und vereinzelt, ohne jenen Schmelz des Zusammenhanges mit den nächsten Zügen in die Welt hinein, verdrießlich umsäumt von den kleinen Winkelfältchen; der Teint war trocken und welk geworden, und das krause Haar, was hoch hinter der Stirn und den Schläfen begann, vollendete jenen wüsten Eindruck, welchen die Köpfe schöner Schauspieler so oft hervorbringen. Die ursprünglich schönen Formen werden von Linien und Zügen in nachtheiligen Schatten gestellt, die übertrieben hervorgequollen sind und dem Ganzen eine Art gorgonischen Ausdrucks verleihen, für welchen das klare, ungalante Tageslicht nicht passen will. Eben so wenig wollte die Kleidung für jene Zuversicht passen – unsere Seele ist nun einmal nicht im Stande, eine Aeußerung einzeln, ohne Zusammenhang und Verbindung mit dem, was drum und dran ist, aufzunehmen. Ein schwarzer Frack und ditto Beinkleider von bereits fadenscheinigem Tuche, an welchem sich hie und da Schmutzflecke zeigten, zerknitterte, nicht eben frische

Leibwäsche, die von der gebrochenen, mit lockeren Knöpfen versehenen Weste schlecht bedeckt war, ein buntes à l'enfant umschlungenes Halstuch, Spitzenmanschetten, die offenbar nicht zum Hemde paßten, zusammengedrückte alte Handschuhe, die nicht angezogen wurden, das gab ein Ensemble, was die Zuversicht entweder verspottete, oder sie doch in eine forcirte Stellung wies.

Wenn ich nur nicht hierher gerathen wäre in diesen abgelegenen Winkel – fuhr er fort – wo man versauert und zu keinem allgemeinen Bekanntsein kommt; aber Dein Erscheinen, Dein unerwartet Erscheinen, das mir wie die plötzliche Manifestation eines Gottes vorkommt, ist mir ein Zeichen, daß mich die Götter nicht verlassen haben, wird mir ein Mittel, mich herauszureißen – wo gehst Du hin von hier aus? Gleichgültig, ich gehe mit Dir; sprich!

Dieser goldne Leichtsinn, dies rücksichtslose Anschließen an ihn, der selbst am Rande des Verderbens stand, die ganze Jugendatmosphäre, welche ihn mit dem Jugendgespielen überkam, die schnelle Einsicht, daß er hier immer noch, wie einst auf dem Kapuzinerberge der Herr und Ueberlegene sei, versetzte Gustav in eine so heitere und offene Stimmung, daß er zum erstenmal lächelnd und leichthin erzählen konnte, er besitze gar nichts mehr, und seine einzige Aussicht sei eine heiße Kugel. Wir wittern es unglaublich schnell, wo wir uns nicht zu schämen brauchen: waren's auch verzerrte, so waren's doch lauter ideale Beziehungen, Beziehungen zu einer nicht plump äußerlichen Welt, die Victor trugen, hier konnte es nichts ausmachen, Geld und Gut verloren zu haben.

Und dem war auch so. Hatte ihn einen Augenblick vorher der Gedanke enthusiasmiren helfen, den reichen Jugendfreund wiedergefunden zu haben, welcher dem kümmerlich gewordenen Leben neuen Aufschwung verleihen könne, so ließ doch das bewegte Innere Victor's diesen Gedankengang schleunigst fahren, sobald er andere Saiten angeschlagen fühlte. Jetzt war's eine unerwartete Genossenschaft, die ihn eben so schnell leidenschaftlich erregte – das Reiche lockt überaus, das Gleiche verbindet und stärkt, auch das Gleiche des Unglücks. Ein Stück Wissen lag doch in seinem Inneren, daß er an seiner schlechten Existenz viel Schuld trage, jetzt sah er den hoch und solid geglaubten Gustav eben so in miserabler Lage, natürlich jauchzte er auch über diesen Fund, umarmte den Freund lachend und jubelnd und hieß ihn willkommen auf dem interessanten Pfade des Nichtshabens.

Gegen zehn verschiedene Menschen hat unsere jedesmalige Situation zehn verschiedene Gesichter – nun sind wir erst reich, sagte Victor, da wir Beide nichts haben; nun laß uns an's Werk gehn, etwas zu schaffen. Leute ohne Besitz haben die kühnsten Spekulationen; sie haben Nichts zu verlieren und Alles zu gewinnen.

Zunächst mußt Du Schauspieler werden, sagte Victor, um Zeit und Existenz zu gewinnen – ich sehe, Du hast noch eine goldne Uhr, eine ächte Busennadel, überall goldne Knöpfchen, das reicht hin, bis wir uns mit dem Director arrangirt haben; widersprich mir nicht, das verstehe ich Alles vortrefflich. Jetzt gehen wir in Deinen Gasthof, stärken uns noch einmal an einem brillanten Diner, dann mache ich dem Wirthe die nöthigen Eröffnungen, daß er sich gedulden muß bis Du Deine Gastrollen gegeben – à propos, Du darfst durchaus nicht als Anfänger auftreten, das brächte gar nichts, bist ein schöner, gewandter Mann; dies feine Tuch Deines Leibrocks bringt wöchentlich zwei Thaler Gage mehr ein, die Handwerksmaintiens erlerne ich Dir in ein paar Tagen, die Gastrollen studire ich Dir ein bis auf das Und – keine Einwendungen, komm zu Tische.

All' diese Dinge und Folgen waren Gustav's Seele vollkommen fremd, er wußte aber nichts Genügendes zu entgegnen; das Nachtheilige über den Stand selbst, wie es die Erziehung ihm beigebracht, konnte er aus Rücksicht auf Victor nicht äußern, und er mißtraute in diesem Augenblicke auch all seinen Begriffen, und so ward er denn, leise abwehrend, aber doch nicht entschieden verneinend von Victors Energie fortgerissen. Noch denselben Nachmittag ging's zum Direktor; in einem flüchtigen Gespräche – denn ein besonderes Eingehen war wegen technischer Unkenntniß Gustav's, der für einen Schauspieler passirte, nicht zu wagen – wurden Gastrollen besprochen und zugesagt; Gustav's anständiges und hübsches Aeußere gefiel augenscheinlich, nur der böhmische Dialekt erregte einige Bedenklichkeiten. Indessen, meinte der Herr Director, die Pfeife ans dem Mund nehmend und mit Zufriedenheit lachend, die Damen vergeben das einem frischen jungen Manne, und die Damen regieren überall das Publikum.

Victor nahm den neuen Kandidaten des Abends mit in's Theater, und der leichte Schreck, daß hier schon kein Entree zu zahlen war, ging leicht vorüber. Ziemlich unbefangen sah sich Gustav die Vorstellung an, denn daß er bald selbst da oben stehen sollte, daran glaubte er noch keinen Augenblick. Uebrigens war er ganz zufrieden, in solche Irre, solchen Wechsel geworfen zu sein, möge daraus werden, was da wolle. Victor hatte in den letzten Akten zu thun und ward von Einigen im ziemlich leeren Hause beklatscht – das machte Gustav einen sehr unangenehmen Eindruck, es verletzte seinen Stolz, den Freund solcherweise preisgegeben zu sehen, denn das Zeichen von Beifall schien ihm eben so verletzend, als Andern das von Mißfallen gewesen wäre.

Lächelnd sagte er sich indessen: Nun dergleichen Urtheilsweise mußt Du Dir freilich abgewöhnen, wenn Du Schauspieler werden willst.

18.

Es scheint uns oft, als ob unser Gedächtniß tief verborgene Zellen habe, von denen uns selbst nichts bekannt sei, bis sie sich einmal plötzlich zu unsrer eignen Ueberraschung öffneten und uns mit Material versahen. Als Gustav die Deklamationsversuche mit Victor begann, fiel ihm das Hinterstübchen Wlaska's ein und das Deklamiren derselben mit Gesten und Ausdruck und Bemerkungen, die er eigentlich damals gar nicht gesehen hatte, denn wir sehen nur das, was wir in uns nachschaffen. Jetzt erst trat diese Nachschöpfung bei ihm ein, und was er nach der Prager Katastrophe in Wien auf den Theatern gesehen, was er gelesen hatte, was ihm in Paris entgegengetreten war, das steuerte jetzt Alles bei, um ihn zu seinem eigenen Erstaunen ein wenig einzurütteln in eine Beschäftigung, die er sich wildfremd geglaubt hatte.

Victor war ganz zufrieden und hatte nur am Dialekt zu tadeln. So lange die Sache auf dem Zimmer, blos dem Freunde gegenüber blieb, machte Gustav das Alles gedankenlos mit; als nun aber der Zettelträger ein geschriebenes Blatt brachte, worauf die Probe angekündigt und sein Name als der eines Gastes mitgenannt war, da gerieth er in die größte Unruhe und erklärte Victor, das ginge nicht, Ernst könne daraus nicht werden – dieser aber lachte laut auf, nahm ihn unter den Arm und zog ihn fort.

Was willst Du thun? Willst Du nach Böhmen an Deine Verwandte schreiben und etwas Geld verlangen? – »Nimmermehr! Lieber zu Grunde gehn.«

Und warum nicht? Deinen kleinen Erbantheil solltest Du doch reklamiren! Warum ihn den schlechten Verwandten schenken! Du kannst allenfalls damit einen kleinen Handel mit Band anfangen – ernsthaft, dem Volke darf nichts geschenkt werden.

Für Victor hatte bereits das Gold außerordentlichen Werth, so sehr er's läugnete, und die Gegensätze von Delikatesse und Gemeinheit waren in ihm bereits verwischt; er hatte bei schlimmerem Falle sich ohne weiteres entschlossen, um Unterstützung zu bitten. Gustav verwarf jede ähnliche Möglichkeit.

Es war ein vorwinterlicher sonnenheller Vormittag, als sie in das Schauspielhaus traten, durch einzelne Lücken fiel weiß und nüchtern das Tageslicht auf die Bühne und erleuchtete das Gerüst der Illusion. Nur auf dem Souffleurkasten brannten ein paar Talglichter, und die Vermischung solchen verschiedenen Scheins gab eine eigenthümlich bleiche von breiten dunkeln Stellen unterbrochene Beleuchtung. Das Lattengerüst der Kulissen, mit einer groben Leinwand überzogen, die mit großen weiß, grün und schwarzen Klecksen einen Wald darstellen sollten, die Stricke, die schwarzgerauchten Lampen, die Inseltreste an den blechernen Leuchtern, die herumstehenden Versetzstücke, Alles das fiel einer Novize wie Gustav doppelt auf, da er ohne Vorliebe und phantastische Beihülfe in diesen Tempel trat. Für den ersten Augenblick konnte er nur wenig unterscheiden, als er hinaustrat auf die Scene, die halb dunkel, halb bleichgelb mit Lichtstreifen durchschnitten war; er machte also die Verbeugungen in's Ungewisse hinein, da Victor ihn der Versammlung vorstellte, nur aus diesem oder jenem Winkel vernahm er durch ein korrespondirendes Geräusch, daß seine Verbeugung nicht ganz in den leeren Raum hinein gemacht war.

Der Regisseur, Herr Müller, trat herzu und nahm ihn mit einem ganz artigen Gespräche in Beschlag. Das war ein ganz hübscher Mann, welcher über die Mängel und Lächerlichkeiten einer kleinen Bühne recht sein zu ironisiren wußte und bei dessen näherer Bekanntschaft man eigentlich fragte: Wie kommt der Mann unter die Komödianten? Er ist kein Phantast, hat Verstand und ordentliche Manieren, ist nicht ohne Kenntnisse, versteht Handel und Wandel und Rechnenkunst, lebt ganz ordentlich und gesetzt, soll keine Schulden haben, pflegt eine ganz reinliche Häuslichkeit – und dabei war er doch auch ein sehr gern gesehener Schauspieler, der namentlich in Conversationsstücken sehr verständig wirkte und gewissermaßen immer als deutlichster Erklärer der Vorstellungen angesehen wurde, der dem Publikum immer zurecht half, wenn es durch wilde oder schwierige Scenen in's Unsichere gerathen war. Der natürlichste Gedanke war, daß der Mann seine Schauspielkunst wie ein ganz brauchbares Geschäft betrieb, dem er wohl gewachsen war. Mancherlei Anderes liegt aber bei solchen Charakteren noch tief im Winkel: einzelne Leute, die sehr achtsam gewesen waren, wollten zuverlässig wissen, Müller könne doch mit all seinem soliden Anstriche ohne das Theater nicht bestehen, er habe ein paarmal schon recht hübsche kaufmännische und ökonomische Verhältnisse gehabt und sie ganz ohne Noth aufgegeben, um wieder Regisseur zu werden, bei all seiner friedlich und befriedigt aussehenden Ehe, in welcher jährlich ein Kindlein producirt werde, treibe er ganz in der Stille Unterschleif mit den jungen Mädchen aus dem Chore, und so harmlos er auch immer aussähe, so kämen doch eigentlich alle Intriguen von ihm, obwohl er äußerlich immer als lächelnder, beschwichtigender Friedensstifter erscheine. Man glaubte ferner, er mache sich gar nichts aus dem Spielen, eine mäßig günstige Position mit hinreichendem Auskommen sei ihm vollkommen genügend und doch sei er eigentlich der rollengeizigste Mensch und lasse sich keine entgehn, die nur im Geringsten was tauge – wozu spielte er sonst alle Tage, da viele seiner Rollen bequem von Andern gegeben werden könnten; kurz man habe es hier mit einem stillen Wasser zu thun, wo hinter unscheinbarer Oberfläche wer weiß was läge.

Diese unerklärten Räthsel, Geheimnisse und Reize mahnen uns wirklich oft im höheren Staatsleben und besonders im Theaterleben, wo wir nicht begreifen, wie Lebensart und Person zu einander passen. Auf Gustav machte aber gerade Herr Müller mit der besonnenen, seine eignen Interessen ein wenig persifflirenden Manier den besten Eindruck, wie das immer bei Dingen und Personen zu gehen pflegt, die uns in vorgefaßten Meinungen bestärken. Denn im Grunde kam sich Gustav doch immer noch wie ein vornehmer Herr vor, der solche Kreise eben auch einmal blos besuche, ohne sich dazu hinabzulassen, und Herrn MMüller's Ironie that ihm deßhalb so wohl, weil sie ihn, den bloßen Besucher, ganz recht zu würdigen schien.

Allmählig gewöhnten sich seine Augen an die Beleuchtung und er übersah das Terrain: dort lehnte im grell karirten Mantel eine Dame an der Kulisse und klopfte ihre Rolle von einer Hand in die andere, vornehm und überlegen lächelnd auf einen kleinen, etwas verwachsenen Mann herabsehend, der sehr lebhaft vor ihr herum gestikulirte; er hatte einen ausdrucksvollen Kopf, der mit großer Nase und sehr beweglichen Augen vielleicht zu viel ausdrückte.

Die Dame war die erste Sängerin, der Kleine der Musikdirektor; es war aber eine Opernprobe gewesen, und die Primadonna verweilte vielleicht noch, um den neuen Liebhaber zu sehen, der gastiren wollte; Gustav ward ihr vorgestellt und sie begrüßte ihn mit dem etwas magern, aber von üppigen Augen belebten Gesichte zurückhaltend liebreich, vornehm vertraulich; der kleine Musikdirektor komplimentirte und entrirte ganz wie der feinste Weltmann, für den man sich wundert, daß die schwarz seidnen Eskarpios fehlen.

In einer Seitenlaube saß noch eine Dame, die sehr hübsch zu sein schien und um welche herum viel Leben getrieben wurde – das ist die reizende Toni, sagte Victor, komm!

Aber Herr Müller unterbrach sie und meinte: wenn's beliebt, fangen wir an – Fräulein von Toni, setzte er hinzu, sich nach der Laube wendend, darf ich bitten, dem Heer der Verehrer Stillschweigen aufzulegen –

Toni sprang herbei und drohte dem lächelnden Regisseur mit dem Finger. Es war eine feine Figur, ein feines belebtes Gesicht mit glänzenden Augen voll schalkhafter Bewegung. Herr Müller stellte ihr den neuen Ankömmling vor, schnitt aber das Einleitungsgespräch damit ab, daß er die Probe anfing.

Nach gewöhnlicher übler Manier probirten die Herren mit Hut und Stock, die Damen in Mänteln und Tüchern, ohne Rücksicht auf Bewegung und Gestikulation, die Worte nur hersagend – diese Manier, wodurch alle bequeme Vorübung, den Körper an eine freie Tournüre zu gewöhnen, verloren geht, kam Gustav sehr zu statten, auf diese Weise brauchte er nicht aus der bequemen Besuchsweise herauszutreten, und die Illusion ward ihm noch immer nicht benommen, daß es mit der Schauspielerei kein Ernst sei.

Als er mit Victor zu Tische ging, erzählte dieser fortwährend von der kleinen Toni, sie machte den Leuten viel zu schaffen. Es ist ein adliges Fräulein, sagte er, welche die reichsten und glänzendsten Verhältnisse aufgegeben haben soll, um Komödie zu spielen. Ihren rechten Namen wissen wir alle nicht, von der ganzen Stadt läßt sie sich den Hof machen, und Jeder will sich ihrer Gunst erfreun, man weiß aber durchaus nicht, wie viel auf die Redensarten zu geben ist. Meine Liaison mit ihr, welche die erste war, als sie ankam, hat mich ganz kopfscheu gemacht. Sie nahm mich, wenn das Theater zu Ende war, mit nach Hause, wir tranken zusammen Thee, aber ich bin eigentlich nicht vom Stuhle weggekommen, auf den sie mich neben ihrem Sofa postirt hatte. Dem schleichenden Bösewicht, diesem Müller, trau' ich nicht über den Weg, ich habe scharfe Augen dafür, und wenn er noch so unbefangen thut. Das Mädchen ist sehr liebenswürdig, und ich gebe sie noch nicht auf, obwohl sie mir jetzt des Abends immer entschlüpft. Gustav war von dem Allen wenig interessirt, er existirte ziemlich gedankenlos; aber ein wahrer Todesschreck kam über ihn, als er des Abends aus dem Parterre in den Korridor trat. Da hing der Theaterzettel für den nächsten Tag, und gedruckt, wirklich gedruckt las er seinen ehrlichen, vornehmen Namen – Ottomar – Herr Horn als Gast. Es war also wirklicher, entsetzlicher Ernst; vorbei war's mit jeder Täuschung, er war wirklicher Komödiant – o arme Tante! Und wenn sie das in Prag erfahren! Wie anders, wie stattlicher, wenn sie erfahren hätten: er hat sich eine Kugel durch den Kopf gejagt.

Ruhelos eilte er durch die Straßen, spät in der Nacht kam er heim.

Aus schwerem Schlafe weckte ihn am andern Morgen ein starkes Klopfen, es war der Zettelträger, welcher die Nachricht brachte, daß »die Räuber auf Maria Culm« wegen Kränklichkeit der ersten Liebhaberin nicht gegeben werden könnten.

O wie tief athmete Gustav auf, als ob nun Alles gewonnen sei – und er hatte den ersten vergnügten Tag. Nicht die Sachen selbst bilden unsern Zustand, sondern das Verhältniß derselben; ein kleiner Moment, der in eine Situation hineintrifft, kann ein viel größeres Glück sein, als ein großer Coux von Vortheil, der uns gesättigt findet. Das Blatt eines Baumes, was in den Kerker fliegt, ist ein Glück für den Gefangenen, das Pergamentblatt, was dem Reichen eine neue Erbschaft bringt, macht kaum einen Eindruck; der Freie streicht gedankenlos durch einen grünen Wald, der hoffnungslos Liebende gewinnt eine ganze Welt durch einen halben, halbgünstigen Blick, der sichre Bräutigam übersieht ein Antlitz voll Kuß und Liebe.

Er ging des Abends in's Theater, und zwar auf die Bühne, hinter die Kulissen – jetzt war es lichte, und die geputzten Spieler trieben sich da in den mannigfachsten Gruppen umher. Die groben Kleider, die schreienden Farben, was sich Alles von unten so gut ausnahm, überraschte ihn doch sehr in der Nähe, die dicke Schminke, das grelle Nackte sah ihn so befremdlich an, daß er gar nicht wieder dran glauben mochte, auch einmal in diese Mummerei zu gehören. Und nun diese Gespräche, Tändeleien, Zänkereien der Leute, die eben draußen vor den Zuschauern so ganz andre Gesichter und Empfindungen gezeigt hatten, die bis an die Kulisse ein tragisches Antlitz wiesen, und dort augenblicklich in irgend eine triviale Beziehung traten, die umgekehrt mit dem Stichworte aus einer heterogenen Situation hinter der Kulisse mitten in's Stück hinaussprangen – so störend es sein mochte, etwas Imponirendes lag doch darin. Die Leute wissen ja mit großer Gewalt die Verhältnisse wegzuwerfen und zu beherrschen, dachte er.

Besonders um Toni war wieder viel Zulauf; sie war auch wirklich feiner gekleidet, geschminkt, frisirt, auch die Komödianten haben ihre Aristokratie. Gustav fragte, als sie einmal allein war, ob sie Ton und Umgebung nicht in dem Ideale störe, das sie vielleicht zur Schauspielkunst gebracht habe.

Sie erwiderte lachend: Ein solch Ideal hat mich gar nicht dazu gebracht: ich habe das Leben der stillen geselligen Welt arm und dürftig gefunden, deßhalb hab' ich's verlassen; bunter ist's doch hier gewiß, mannigfaltiger, und das hab' ich zunächst sein und sehn wollen. Dort in den Besuchzimmern darf sich Alles nur bis auf eine gewisse Gränze äußern, man sieht die Menschen alle gleich, hört sie mit wenig Abwechselung dieselbe Sprache reden, beim Gefallen fragt sich's nur: Heirathen oder Nichtheirathen, beim Mißfallen geht man sich blos aus dem Wege, oder sagt sich Anzüglichkeiten. Hier tritt der ganze Mensch in Hast und Liebe heraus. –

Das mag der Kuriosität halber ein Weilchen gehn, sagte Gustav, aber auf die Länge –

Was frag ich nach der Länge! Darüber verlieren wir eben die Nähe; ich habe keine Vorsätze, ich habe blos Launen; mit den sogenannten Prinzipien wird das Glück gestört –

Das Glück; ja was ist das Glück?

Toni lachte: das kann Ihnen kein Mensch sagen. Jeder hat eben sein eignes, oder gar keins.

Da kam ihr Stichwort.

Dies leichtsinnige Mädchen hat gar nicht Unrecht, sagt sich Gustav – Jeder hat eben sein eignes Glück, oder gar keins; man muß sich das zurecht legen, was man just haben kann, und dazu ist allerdings etwas leichter Sinn nöthig. – Ich werd' mir leichten Sinn angewöhnen, dann komm' ich wohl noch ein Stück weiter in der Welt. –

19.

Endlich kommt auch einmal der jüngste Tag, sagen die Leute, endlich kam auch der Tag, wo Gustav spielen sollte. Der tägliche Verkehr mit den Schauspielern, der Ton, welchen die Leute im Wirthshause gegen ihn angenommen, wo er bereits für einen Schauspieler galt, die Scherze und Spöttereien Toni's, welche ihm die schwache Seite des Stolzes bald abmerkte, hatte ihn ruhiger und gleichgültiger gemacht. Wir lernen Alles, auch das Verlernen; Toni hatte vielleicht am stärksten eingewirkt. Daß sie einen glänzenden geselligen Standpunkt verlassen, daß sie sich in dem neuen bedenklichen so heiter und sicher bewegte, daß sie ihn mit den Worten verhöhnte: Bis jetzt ist er im Leben gar nichts gewesen, und nun schämt er sich, etwas zu sein – das half auf's beste.

Er ging getrost zur Probe, die nun eine vollständige sein sollte; bei der ersten war die Liebhaberin, Mlle. Phantasie krank gewesen, heut war sie gesund, Abends sollten die Räuber auf Maria Culm gegeben werden, die Zettel an den Straßenecken mit seinem Namen erregten ihm wohl noch einen leisen Schauer, aber nur einen leisen; gewöhnt sich doch auch der Furchtsame an den Muth.

Gustav! Gustav! rief schreiend eine Stimme, als er auf die Bretter trat, und eine Dame hing ihm am Halse und überschüttete ihn mit Liebkosungen. Es war Wlaska, erste Liebhaberin unter dem Namen Mlle. Phantasie.

Obwohl man dergleichen Ausbrüche auf dem Theater und namentlich an Mlle. Phantasie gewohnt war, die selbst unter den Schauspielern für excentrisch galt, so machte diese Scene doch einiges Aufsehn, man hatte sich Gustav entfernter gedacht, wie solcher Bekanntschaft. Gustav selbst war, wie immer durch Wlaska, in Verlegenheit, er konnte sich des Wiedersehns nicht freuen und mußte eine arge Verstimmung niederkämpfen, als sie mit offenbarer Uebertreibung athemlos ihre Theaterschicksale erzählte, die sie bis Danzig gebracht hatten – aber nun ist Alles vergessen, rief sie, nun habe ich Dich wieder, Du Stern meines Lebens, und nun lasse ich Dich nicht mehr.

Herr Müller gratulirte höflich zum Wiederfinden, und bat, sich für die Probe zu sammeln. Toni sagte leise: ei, ei, so schlimm haben Sie Ihren Geschmack verborgen! Gustav hatte eine Empfindung, als sei er tief beschämt.

Die Probe ging sehr schlecht.

Toni meinte beim Schlusse: Sie können viel besser spielen und müssen sich nicht durch überspanntes Zeug stören lassen. Wlaska hing sich ihm an den Arm, er mußte Krankheit vorschützen, um von ihr loszukommen. – Der Moment war da, das Haus gefüllt, man guckte durch die kleinen Löcher des Vorhanges – 's ist sehr voll, sprach Toni, so viel thut ein hübscher junger Mann, auch wenn er nicht zu spielen versteht, die Natur überlernt kein Mensch. –

Warum wollen Sie, gnädiges Fräulein, nicht der eben genesenen Mlle. Phantasie ihr Theil lassen am vollen Hause? sie hat drei Wochen nicht gespielt, sagte Herr Müller und lächelte wie gewöhnlich.

In drei Wochen mit einer Entbindung fertig zu werden, warf die Prima donna ein, welche sich unbeschäftigt auf den Brettern umhertrieb und sich vom Musikdirektor unterhalten ließ, das kann auch nur eine Böhmin. –

Gustav hörte nichts, obwohl er in der Nähe stand, das Herannahen des gefürchteten Augenblicks hatte ihn ganz in Beschlag genommen, die fein gelispelten Worte des Musikdirektors, der sich mit ihnen und einem graziösen Handkusse bei seiner Dame empfahl, die Worte: »Wir wollen anfangen,« schlugen ihm wie Posaunenschall in die Nerven.

Die Musik begann, die Bühne ward leer, der Souffleur klingelte, Gustav stand vor dem Meere von Köpfen, er wußte nicht, was ihm die Füße hob, er kam sich über alle Dinge in die Höhe gehoben vor, es sprach und handthierte ein ganz Anderer als er – so schien's ihm wenigstens.

Der erste Akt war vorüber – nur der böhmische Dialekt, der Dialekt fällt auf, hieß es, sonst haben die Leute nichts dawider – Du hast ja ganz muthig gespielt, meinte Victor. Muthig? Irgend was Anderes in uns, unklares Gefühl, daß wir eben durch müssen, Mangel an Muth, Aufsehn zu machen, Alles über den Haufen zu werfen, was uns fremdartig, beängstigend ist, ferner, daß wir uns willenlos der Situation hingeben, wie oft gilt das für Muth!

Kurz, es ging nun eben so, daß er bald ein mittelmäßiger Schauspieler mit wenig Talent mehr in der Welt war, der so mitlief, weil eben gelaufen werden mußte. Wlaska mit ihrer phantastischen Ueberschwenglichkeit machte nach wie vor kein Glück bei ihm, sie hatte wirklich einen Knaben geboren, und bat Gustav ganz naiv, ihm seinen Namen zu geben, da er doch für die Taufe irgend einen bürgerlichen haben müsse, sein Vater aber ein unwürdiger Mensch sei, der sie gemein verlassen habe. Victor warnte ihn lebhaft davor: Du hängst Dir da einen Balg auf für's ganze Leben, denn von diesem zufälligen Namen macht man einst Gebrauch. – Gustav ließ es aber geschehen. Diejenige Verpflichtung, deren er sich noch immer gegen sie schuldig geglaubt hatte, meinte er nun erledigt zu haben; was wir sonst wohl erfahren, eine Pietäts- oder landsmannschaftliche Theilnahme für das, was ein Stück Geschichte mit uns erlebt hat, das erfuhr er mit Wlaska just im Gegentheile: eben, weil sie so viel Geschichte mit ihm hatte, war sie ihm geradehin zuwider, und er wies von Tage zu Tage ihr übertriebenes Zärtlichkeitswesen schonungsloser und rücksichtsloser ab. Dagegen interessirte ihn Toni immer mehr, man nannte sie das Conversationslustspiel, neben der Kothurntragödie Wlaska; sie war auch wirklich im Lustspiele eine gute Schauspielerin, und übrigens ein geistreiches Mädchen. Vielleicht war es nicht blos das hübsche Aeußere und der gewandte Geist, welche Gustav zu ihr zogen, sondern die ihm zusagende Betrachtungsweise, die Auffassung des Lebens, welche, ganz verschieden von der seinigen, ihm große Erleichterung gab. Wenn das Gleiche wohl thun und bequem sein mag, so reizt und fesselt doch am meisten das Verschiedene, und jeder Mensch hat eine verborgene Sehnsucht nach Ergänzung. Wie gern hörte er folgende und ähnliche Worte des lebhaften Mädchens: Wir gehören beide nicht zu diesen Komödianten, und Sie noch weniger als ich; aber wer findet im Leben das Ausreichende? Aushilfe ist Alles, was uns nutzlosen Kreaturen zu Gebote steht; Sie sollten ein Prinz sein, der regieren läßt und sich wohl befindet, ich eine Prinzessin, die Alles zur Mode machen kann, was ihr beliebt, Bewegung anrichten darf, Spässe veranstalten. Um das im Großen zu versuchen, sind wir zu klein, ich bin zu fahrig, Sie sind unerfinderisch; beim Lichte besehn, lieber Gustav, werden Sie den Prinz von Gold und Seide streichen müssen und gelegentlich ein baumwollner Familienprinz werden, der in Beschränktheit und Liebe mit der Welt auf- und zusammengeht; denn eigentlich sind Sie, mit Ihrer Erlaubniß, ein mittelmäßiger Mensch, der leider aus der Bahn geworfen ist. Doch nein, damit könnte Ihnen Unrecht gethan werden. Sie sind ein mittelmäßig Talent mit viel edlen, unklaren Anforderungen an die Welt, und deßhalb steht's bedenklich um Sie; ich glaube, das Beste wäre, Sie läsen Bücher; das hat überhaupt viel Gutes, ich hab' nur keine Ruhe dafür. Ja, so wollte es denn mit unsrer Prinzlichkeit nicht recht gehn, und da sind wir unter die Komödianten gegangen: Sie, weil Sie den Leuten gerade begegneten und wahrscheinlich eben kein Reisegeld hatten, und – weil Sie eben auch mal ganz fertig waren mit der dürftig gebenden, ordentlichen

Welt; ich, weil ich Unband just nirgends anders hin paßte. Wenn der Stil, die Manier nur etwas höher wären; lange wird sich's doch wohl nicht mehr treiben lassen, und wenn mir nicht eine glückliche Idee kommt, fahr' ich an einem schönen Morgen zu meiner alten Gouvernante zurück, die jetzt in schwarzem Krepp um mich trauert. A propos, wenn Sie nur nicht so schläfrig wären, Sie könnten mir jetzt der Mittelpunkt aller Intrigue werden, ach, und Intrigue ist so ergötzlich. Sie gefallen den Weibern, und die Männer sind eifersüchtig, bitte, geben Sie der blonden Prima donna, die so verliebt in Sie ist, ein Rendezvous hier unter meinen Fenstern, ich bitte den Musikdirektor, die kleine artige Bachstelze, zu mir, und laß ihn nicht vom Fenster; sagen Sie, Gustav, Sie können wohl gar nicht lieben?

Es war auf ihrem Zimmer, wo sie das sprach, sie ergriff seine Hand und streichelte ihm die Wange. Gustav lächelte und küßte ihr die feine, weiße Hand, aber er benützte das Entgegenkommen nicht; Toni hatte ihn offenbar sehr gern. –

So standen die Sachen und schleppten sich eine Zeitlang hin, Gustav hatte zu lernen und zu thun, er kam wenig zu eignen Gedanken, und half sich weiter ohne besonders deutliches Bewußtsein. – Schlafen, Essen, Trinken, triviale Berührungen erfüllen ja wie eine Pflanzen-Vegetation zwei Drittheile unsers Lebens, und mit Entsetzen gewahren wir in besseren Momenten, wie wenig bessere, kräftiger bewußte Zeit uns werden mag, und daß es am Ende Momente bleiben. Die Theaterintriguen, welche ihn natürlich nicht verschonten, beachtete er wenig, man braucht auch zum Aerger und Zorn ein lebhaftes Interesse am Leben; Victor, obwohl sehr abgekühlt und gleichgültig gegen den Freund, dem er so lebhaft entgegengekommen war, übernahm es meisthin, dergleichen zu schlichten; so rückte man tief in den Winter hinein, da ereignete sich plötzlich Folgendes:

Wlaska, die sich fortwährend verschmäht sah, zog sich von Gustav zurück, ward finster und schweigsam. Eines Tag's auf der Probe – es sollte ein Lustspiel eingeübt werden, und Gustav mit Toni hatte eine lebhafte Scene – trat sie rasch zwischen beide, ergriff Toni so heftig am Arme, daß diese aufschrie, und sprach langsam mit gepreßter Stimme: »Verrätherin, Du hast mein Leben vergiftet,« und rasch, ehe Jemand etwas ahnte, hatte sie sich einen Dolch in die Brust gestoßen. Sie fiel Gustav in die Arme, und sprach noch: Ich liebe Dich bis über die Ewigkeit hinaus. –

Der Dolch war an die Erde gefallen, und Toni, einen bekannten Theaterdolch erkennend, der stumpf und rostig war, rief entrüstet: Das geht doch bis zum Tollhause. –

Hilfe – lauft nach dem Arzte! schrie dagegen Gustav; Wlaska hatte nach jenen Worten die Augen geschlossen, ein warmer Blutsstrom stürzte über ihn, schwer wie Blei lag das Mädchen in seinen Armen.

Alles stürzte hinzu, Herr Müller hatte den Dolch aufgehoben, er war geschliffen und blutig – Toni ward davon und über ihren frevlen Ausruf, das Unglück verhöhnt zu haben, so betroffen und erschüttert, daß ihr die Sinne vergingen, und Müller sie aufrecht halten mußte.

Alles stürzte durcheinander, schrie, klagte, es war nicht gleich ein Arzt zu finden, der Direktor kam, er rannte auf den Brettern umher, und schrie einmal über das andre: Das wird uns ruiniren, Kriminaluntersuchung, Suspension der Vorstellungen, Entrüstung im Publikum. –

Müller verwies ihm solch unpassendes Betragen, und fügte leise hinzu: im Gegentheile, der Skandal bringt Zulauf und volle Häuser. Die Prima donna rief ihren Musikdirektor und ließ sich wegführen. – Ich habe, sagte sie auf die ohnmächtige Toni blickend, die Ohnmachten nicht so zur Hand, aber ich vertrage solche Scenen nicht, es ist mir übel. –

Victor stand bleich neben Gustav und half mit fliegenden Händen Wlaska auf einen alten Thronsessel legen, der mit verblichenem, schmutzig gewordenen rothen Plüsch überdeckt war – es ist entsetzlich, stotterte er heraus, und nun hast Du den Balg auf dem Halse, wie ich Dir voraus gesagt habe.

Der Arzt fand nichts mehr zu thun; das Herz war wirklich getroffen; Gustav mußte Alles übernehmen, was dabei zu thun war, da der Direktor von nichts wissen und Alles der Polizei übergeben wollte.

Dieser Antheil brachte nun Alles noch zu Wege, was an seiner Verzweiflung fehlen konnte: man behandelte ihn als den treulosen Halbgatten der Verstorbenen, die Weiber schmähten seine Abscheulichkeit, welche solch Unheil angerichtet habe, die Polizei brachte ihm das kleine Kind, dessen Vater er sei; »Komödiantenskandal!« hörte er von allen Seiten. –

20

Es war ein regnerischer Tag des Spätwinters, als drei große Packwagen mit Kisten und Kasten beladen, mit abenteuerlich gefärbter und verblichener Leinwand zugedeckt durch die schlechten Wege zwischen Danzig und Elbing fuhren. Hinter der Kelle des Kutschers war immer eine kleine Lücke offen gelassen, in welcher zwei, drei Personen ziemlich unbequem placirt waren. Wenn die Wagen aber vor einer Schenke hielten, da krochen allerlei muntre Gestalten unter den Leinwanddecken hervor und erhoben in den hölzernen Wirthsstuben einen bunten Spektakel.

Es war ein Theil der Danziger Schauspielergesellschaft, welche nach Elbing zog, um dort einige Monate zu spielen. Gustav war dabei, neben ihm saß eine wohlgenährte hübsche Frau, die nahe an den Vierzig sein mochte, und hielt Wlaska's kleines Mädchen auf dem Schooße. Sie ward allgemein die »hübsche Mutter« genannt, weil sie alle Mutterrollen spielte und höchst redselig, gutmüthig und ein wenig vernagelt war – bête, wie der Herr Direktor zu sagen pflegte, der in der Jugend zu Straßburg Komödie gespielt und von da noch mancherlei französische Ausdrücke in petto hatte. Beim Theater geht's eben auch wie bei der Gelehrsamkeit, es kommen Leute dazu und lernen die Handgriffe, die nicht Drang, nicht Beruf an solche Stelle geführt hat, sondern der leidige Zufall. Madame Poltmann war recht guter Leute Kind, wie sie zu sagen pflegte, aus einer kleinen Stadt im Lande Pommern, ihre Mutter hatte sich aber den Narren an der Komödie gesehen, die vor zehn Jahren einmal auf ein paar Wochen im Städtchen gewesen war. Dabei hatte es einen dunkellockigen Liebhaber gegeben, welcher sich sehr artig und verbindlich aufgeführt, dieser und die Komödie hatten ihr dann so gut gefallen, daß sie ihr Töchterlein durchaus zur Schauspielerin erziehen wollte. Ihr Mann sagte, sie sei nicht gescheidt, und die Verwandten schlugen die Hände über'm Kopf zusammen, sie ließ aber nicht davon ab, der Gatte segnete das Zeitliche und sie nahm ihre paar Thaler Vermögen und ihr Bischen Habseligkeit zusammen und fuhr mit ihrer Tochter zur nächsten Truppe, allwo das stramme, gesunde Mädchen eingestellt wurde und sich zunächst in jungen Mägden, zuweilen auch als robustes Landedelfräulein producirte. Obwohl sie sich über die Maaßen schlecht dabei ausnahm, war die Mutter doch entzückt, und als sie der Tod übereilte, bedauerte sie nichts mehr, als ihre schöne Tochter die Karriere nicht weiter verfolgen zu sehen. Es fand sich bei der Truppe ein starkknochiger Herr Poltmann, welcher die Biedermänner, Vehmrichter und pensionirten Officiere zu allgemeiner Zufriedenheit spielte, dem gefiel das feiste, rothe pommersche Mädchen sehr, und er trug der weinenden Waise seine fleischige Hand an; daraus ward eine Hochzeit und aus der Madame Poltmann allmählig die sogenannte hübsche Mutter, weil als solche ihr einfaches Naturell, was sie doch keinen Augenblick zu verläugnen wußte, am besten paßte. Dies Ehepaar war der eigentlich bürgerliche Stamm der Gesellschaft: ohne leichten oder sonstigen Sinn für Kunst trugen sie Sorge, daß ihre Rollen wirklich gelernt waren, daß sie ein leidlich Bett, Mittags ein Stück Rindfleisch und für gewöhnlich hübsche Wäsche hatten – bei wilden Vorfällen und Exzessen sagten sie: »ei du lieber Gott, sind das wunderliche Leute!« und wurden dann meisthin zur Aushülfe benutzt, wozu sie sich mit ihren schwachen Kräften stets bereitwillig zeigten. Sie galten für dasjenige Depot philisterhafter Solidität, was jeder Gesellschaft als Bodensatz nöthig sei. So war Madame Poltmann jetzt auch zu Wlaska's Mädchen gekommen, und sie hätschelte und pflegte es bestens. Besonders that sie das Gustav zu Gefallen, da sie ihn sehr gern leiden mochte – diesen Punkt anbetreffend pflegte man zu sagen: die hübsche Mutter hat auch ihre Faibles, und wenn solch ein Faible sie etwa des Abends besucht, wo Poltmann, der Biedere, zum Biere gegangen ist, dann kocht sie ihm Thee, sollte er dringend werden, dann sagt sie, o, o, das ist zu viel, Sie scherzen, und es schickt sich nicht, und sie wehrt lächelnd und verschämt so lange ab, bis Poltmann heimkehrt und dem Gaste die Hand schüttelt und von seiner Frau hören muß: Du kommst ja heute sehr früh, Alter.

Madame Poltmann war nämlich allen Ernstes noch von jener reifen, fleischigen Schönheit, wie sie mancher junge Mann gerne sieht.

Diese Dame also und die Primadonna mit dem kleinen Musikdirektor saßen neben Gustav in der Spitze des ersten Wagens und ertrugen auf verschiedene Weise die Uebelstände des schlechten Sitzes und Wetters und die Insinuationen des Wagens, welcher ihnen mit der Vorderaxe alle Löcher des Weges schonungslos bemerklich machte. Madame Poltmann hatte nur Sorge für ihren kleinen Pflegbefohlenen, der Musikdirektor nur Augen für die malkontente Primadonna, welche sich wahrscheinlich Gustav's halber auf diesem Wagen angesiedelt hatte, und ihre Verstimmung, von diesem ignorirt zu werden, Sitz, Wetter und Weg am kleinen Cicisbeo ausließ.

Ihr Thron war eine ziemlich hohe Kiste, und damit ihre Füße einen Anhalt gewännen, hatte der Kleine unter ihr Platz suchen müssen und bot seine Schultern und den etwas unklar und verwickelt aussehenden Rücken zum allenfallsigen Fußschemel. Das mochte bei den öfteren lebhaften Rücken, welche der Wagen erlitt, sein Störendes haben, indessen Püffe der Liebenden sollen ja immer süß sein, es blieb doch eine wenig unterbrochene Verbindung zwischen ihm und der Dame seines Herzens, und die Donna trug auch die seidenen oder doch seidenartigen Schuhe, welche sie als Königin der Nacht zu benutzen pflegte. Aus dieser Chaussure entstand nun vor den Schenken meisthin einiges Demelée, da sie kein Verlangen zeigte, die zarte königliche Bekleidung dem groben Straßenkothe anzuvertrauen, und immer verlangte, bis zum trocknen Asyle der Schwelle getragen zu werden. Der kleine Musikdirektor konnte das auf keine Weise prästiren, da die Donna von respektabler Größe und entsprechender Schwere war; eigentlich mochte es auf Gustav abgesehen sein, der verstand sich aber nicht dazu, und so mußte im entscheidenden Momente, wo der echauffirte Musikdirektor nach schleunigem Sukkurs schrie, der Kutscher gewöhnlich in's Mittel treten. Diese Intervention hatte ihr Schlimmes, einmal weil der Kerl durchgeregnet und schmutzig war, und zweitens weil ein sehr unsichrer Friedenszustand zwischen ihm und der Donna sich fortwährend offenbarte; diese hatte bereits so viel am Fuhrwerke zu tadeln gefunden, daß sich der Wagenlenker am Ende bewogen gesehn hatte, ihr sein nasses rothes Antlitz zuzukehren und ihr einige Erläuterungen mitzutheilen, die jedes Zartgefühl verletzen mochten. Es mußte indessen aus der Noth eine Tugend gemacht werden; ja der Musikdirekter ertrug lächelnd ein noch viel größeres Mißgeschick: Seine Position nämlich als Fundament der Geliebten erschwerte es höchlich, das Antlitz derselben zu erblicken, besonders da die Kiste einen überragenden Deckel hatte. Die Bestrebungen, dieses Glücks doch je zuweilen theilhaftig zu werden, erforderten also immer großen Aufwand, und ihr moralisches Element wurde stets durch die Ausdrucksweise der Donna gestört, welche ihm dergleichen Unbequemlichkeit ersparen wollte und gewöhnlich zurief, ob er nicht stillsitzen könne. Ferner brauchte er die rechte Hand unumgänglich, einen Stützpunkt zu halten und dadurch einen festen Sitz zu sichern; nun hatte er aber mit vornehmen Leuten die Manier gemein, stark zu schnupfen, eine Manier, die selbst jeder andern Leidenschaft überlegen war. Das gab natürlich lebhafte Uebelstande, denn mit einer Hand in beschränktem Raume, bei nassem Wetter die Dose handhaben und den natürlichen Folgen mit dem Taschentuche zu Hülfe kommen, welches Taschentuch des Regens halber stets wieder in Sicherheit gebracht werden mußte – das ist offenbar mehr, als man billigerweise verlangen sollte. Dennoch lächelte er und führte das Gespräch. Dies sollte offenbar nebenher lehrreich für die Geliebte sein; denn es bewegte sich um Opern und Singmanieren; größtentheils wurde es zwar von der Donna schnöde behandelt, wenn aber just eine Lieblingsarie in Rede kam, erhob sie wohl ihre Stimme und sang einige Passagen, z.B.

O hört den Schwur, ihr Götter,

Seid Schützer, seid Erretter!

als welches auf den Stockfisch Don Juan – Gustav gehen mochte. Solche Aeußerungen brachten sie aber wieder mit dem Kutscher in Kollision, der sich umzuwenden und zu sagen pflegte: Na, mach Se mir die Pferde nicht scheu mit dem Spektakel! Diese Losung erregte natürlich Debatten, der Musikdirektor sekundirte mit dem wiederholten Ausdrucke: Er ist ein Vandale, und ward dadurch in's Vordertreffen gerissen, weil der Geschimpfte diesen Ausdruck nicht verstand und das Unglaubliche dahinter vermuthete. Er ließ also nach Art gemeiner Leute, die das Wort Pack immer im Munde führen, sehr Unangenehmes fallen wegen wahrscheinlich schlechter Bezahlung und Kujonirung obenein, und bewegte sich zweifellos nach dem Liebessitze des Musikdirektors zu. Die kleine Wlaska schrie, Madame Poltmann rief, man möge doch nicht so wunderlich sein, und Gustav mußte dazwischen greifen, was sich der Kutscher gefallen ließ, wahrscheinlich weil ihm der Ernst und die Ruhe dieses Passagiers imponirten.

Mit Gustav selbst war eine große Veränderung vorgegangen: zum zweitenmale war der Tod in sein Leben getreten, und wie er ihn das erstemal zusammenwarf, weil er ihm die äußere Existenz zerstörte, so wirkte er diesmal kräftigend und spornend, weil er ihm die ganze Thorheit und Jämmerlichkeit seiner Zustände zeigte. Als sie Wlaska still zu Grabe schleppten, da drängte es sich ihm mit Gewalt auf, daß er unmächtig in Verhältnissen herumgezogen werde, die keinen Halt und eitel Thörichtes in sich trügen. Trotze dem Glücke und es wird sich beugen, sprach es in ihm, und je größer das Lästige um ihn wuchs, die Last des Kindes, das Gerede und Fingerzeigen der Leute, desto hartnäckiger rüttelte er sich in diesen Trotz. Nebenher empfand er ein lebhaftes Verlangen, Toni zu sehn, die Kraft und Selbstständigkeit dieses Mädchens, der Einfluß gedanklicher Bezügnisse, welche er in ihr wirken fühlte, auch wenn er sich dessen nicht klar bewußt machen konnte, der Anstrich von einer andern stolzen Lebenswelt, welcher sie sich entäußert hatte, die aber in ihrem Wesen noch existirte und wirkte, das frische Leben dieses Geschöpfes unter all der Hohlheit und larvenartigen Gemachtheit der Uebrigen, wie er es bei der Katastrophe erkannte, zog ihn unwiderstehlich zu Toni. Er eilte, sie aufzusuchen. Sie war fort, kein Mensch wußte, wohin. Vorstellungen waren nicht möglich, da die zwei Hauptdamen fehlten; man behalf sich ein paar Tage mit Opern, der traurige Vorfall wirkte aber diesmal nicht mit der gewöhnlichen Neugier auf's Publikum, zumal nichts Betheiligtes in der Oper zu erwarten stand, sondern abschreckend, wie ein Leichenhaus. Die stets existirende Opposition der Religiösen gegen das Theater war überaus geschäftig, dies ganze Institut als ein Werk des Teufels zu verdammen, und verfehlte ihre Wirkung nicht, da ihr der erschreckende Eindruck zu Hülfe kam – das Haus blieb leer, der Direktor war in Verzweiflung und griff zu der dargebotenen Gelegenheit, einen Theil der Truppe nach Elbing zu schicken und sich in Danzig allmählig wieder zu vervollständigen.

Gustav, vom Schauspielen angeekelt, wollte es ganz bei Seite werfen, es war aber immer noch das einzige kümmerliche Einkommen, was ihm blieb, nebenbei hoffte er auch, auf der Reise etwas von Toni zu erfahren, er stieg also mit auf den Wagen und ließ sich schweigend fortschleppen. Nichts dachte er, als wie er das schöne Mädchen finden könne und wie das ungünstige Leben nun herausgefordert werden sollte auf alle Art.

21.

Diese Ermannung that ihm denn auch in Elbing äußerst noth: die zur Komplettirung fehlenden Schauspieler kamen nicht, die Vorstellungen konnten nicht beginnen, von Gage war also auch wenig die Rede, und die Noth war groß. Gustav hatte sich bei einem Drechsler ein kleines Dachstübchen gemiethet und sich für ein überaus Billiges in die Kost gegeben. In dem kleinen dürftigen Gemache saß er denn Tag und Nacht, und las und schrieb und darbte. Lernen, lernen! war wieder die Losung, aber frei und tüchtig lernen. Alles hat seinen Nutzen, Kenntniß allein rettet – dies war jetzt der Grundgedanke, um den sich Alles gruppirte. Die Welt ist feindlich, sagte er zu dem alten Drechslermeister, der ihn nach dem Feierabende zuweilen besuchte, man muß sich Waffen schmieden, so viel man irgend vermag.

Meister Heinze schüttelte dazu den Kopf – bin doch weit draußen im Reiche gewesen auf meiner Wanderschaft, sagte er zu seiner Tochter, und hab allerlei Menschen gesehn, aber solch ein Schauspieler ist mir noch nicht vorgekommen. Seine Tochter war eigentlich noch ein Töchterchen, fünfzehn Jahr alt, und dicht an der Gränze, wo die kindlichen Spiele, Freuden und Beziehungen noch schmecken, und Ahnungen sich einstellen von einer ernsteren reichen Welt. Das dunkelblonde Haar wurde täglich brauner, die schlanken Achseln und Arme wurden runder, der frische Gesang ihrer kleinen Lieder, wenn sie den Kanarienvogel fütterte, ward täglich stärker und kräftiger, Meister Heinze sagte: Ich kann jetzt schon ein ganz vernünftig Wort mit meinem Aennchen reden, und das ist mir eine rechte Wohlthat, die ich seit meiner seligen Katharina Tode mit Schmerzen entbehrt habe. –

Gustav hatte nur zwei Interessen nach außen hin: einmal, Nachrichten von Toni zu gewinnen, und eine Stunde mit seinem Freunde Schaller zu verkehren und neue Bücher von ihm zu holen. Schaller war ein Schauspieler, der von Petersburg kommend in Elbing geblieben war, um eine Zeitlang mitzuspielen, sobald das Theater in Gang käme. Niemand kannte ihn, er verkehrte auch nur sehr oberflächlich mit den übrigen Schauspielern, nur für Gustav schien er sich zu interessiren, und besuchte ihn täglich.

Gustav gefiel er außerordentlich. Im Aeußeren schlicht und einfach, hatte er so viel Zurückhaltendes, als just angenehm für denjenigen ist, welchem die Menschen nicht eben erwünscht kommen. Nach diesem Eindrucke hin ging auch etwa seine Unterhaltung: In sich selbst müsse man eine Heimath zu gründen wissen, alles draußen sei fremd; selbst der Freund, selbst die Geliebte, welche Gewähr für sie haben wir denn? Dies oder Jenes interessirt sie, fesselt sie an uns, etwas was von Außen oder von Innen an uns erscheint, das lieben sie – geht das mal über Nacht verloren, wo bleiben sie, wo bleibt die Liebe? Eine Krankheit kann mich entstellen, lästig machen, meinen Geist tödten oder auch nur schwächen, ich bin nicht mehr derselbe nach außen hin, fort ist die Liebe Anderer zu mir, wenn sie wahrhaft sich beweisen, erheuchelt aus Pietät, wenn sie schwach sind. Dauernd und fest ist nur das Verhältniß von uns zu uns selbst, tritt hierin eine grobe Störung ein, nun, so können wir einsam mit uns verkümmern, verderben, untergehn, wir treten dann in's Wesen einer bloßen Pflanze, welche verwelkt. Diese Selbstständigkeit ist Alles – jedes Unglück trifft uns am schwersten, weil wir in Verbindung und Beziehung mit Anderen sind, weil wir uns geniren, schämen, weil wir gut zu machen kriegen – für uns allein ist es unbedeutend, sähe es noch so groß aus – das wirkliche Eheweib soll eine Ausnahme machen, ich glaub' es nicht, es ist doch ein zweites Geschöpf, was nur in der Exaltation und poetischen Täuschung Ich werden kann.

Aber wie sind Sie, warf Gustav ein, bei diesen Ansichten Schauspieler geworden?

Ein Lächeln ging über Schallers blasses Gesicht: wir wählen selten den Stand, der Stand wählt uns, Schauspielerei ist zudem auch nichts als ein Spaziergang durch die Menschen, Sie können nirgends einzelner bleiben als hierbei, gerade das Gemisch von stärksten und schwächsten Menschen drängt sich auf die Bretter, jene, weil sie Freiheit und Herzensrechte suchen, diese, weil sie dem Bunten nachlaufen und vor dem Strengen des Lebens sich fürchten. Jene inkommodiren nicht, das thut der Starke nie, er trachtet höchstens nach Herrschaft, und diese von sich abzuhalten paßt ganz und gar in den erwähnten Drang nach Selbstständigkeit. Die Schwachen mit ihren Flittern, ihrer Eitelkeit, ihrem unordentlichen Treiben sind Niemand gefährlich, und als Zigeuner in der Civilisation machen sie nur den alten Weibern zu schaffen. Ich wollte nur, daß unter ihnen einmal eine wirklich unabhängige geniale Lüderlichkeit eines begabten Menschen zu finden wäre, das gäbe doch ein wirklich originelles Exemplar; so sind sie aber meist von Hause aus alle mit der allgemeinen Rinde der Gesellschaft bedeckt und reiben sie nur stellenweise ab. Darin liegt's, daß sie meist nur gewöhnlich-unordentliche Leute sind.

Wie lange sind Sie Schauspieler, Herr Schaller?

Wenn man neugierig ist, mein junger Freund, wird man nie selbstständig –

Aennchen brachte das Mittagessen; es war auf einem Schüsselchen koncentrirt; Schaller sagte ihr einige Artigkeiten, die sie nicht verstand, worüber sie aber doch erröthete.

Das wird ein schönes und ein liebenswürdig Weib werden, und manchem schwächlichen Kauze zu schaffen machen – warum essen Sie so dürftig?

Weil ich kein Geld habe – solch offenherzige Antwort hatte er bereits von den Schauspielern und seinem neuen Freunde erlernt.

Ich kann Ihnen welches geben, wenn auch nicht viel –

Thun Sie das nicht, ich habe wenig Aussicht zum Wiederzahlen, und Sie verlieren Ihre Rolle der Einzelnheit und Abgeschlossenheit dadurch.

Oh, wenn wir's noch so weit mit Ansicht und Grundsatz bringen, die Ausnahme, die Uebertretung bleibt ewig der größte Reiz, und es interessirt mich, Ihnen ein wenig unter die Arme zu greifen. Das Wiederzahlen? Possen! Wenn man ein schön gewachsener hübscher Mann ist wie Sie und noch so reich an Schwächen, da hat man das Geld noch haufenweise zu erwarten; ich leg's bei Ihnen auf gute Zinsen. –

– Die Tage kamen und gingen, es wurden Wochen daraus, das Theater kam nicht zum Anfange, die Mitglieder schimpften, klagten, darbten, der kleine Musikdirektor mußte sich die Seele ausärgern mit Klavier- und Violinstunden, um sich und seine stets unzufriedene Donna zu ernähren, er stöhnte bitterlich über die Elbinger Jugend und den Kunstsinn derselben. Gustav, mit Schaller verkehrend, befand sich besser als seit langer Zeit, las und lernte fleißig, und fügte sich dabei gern der Auswahl und Anordnung seines wunderlichen Freundes. Das innerlich starke Wesen dieses Freundes mochte wohl das meiste beitragen zu Gustavs Ruhe; Charaktere wie der seinige finden eine starke Tröstung im Verkehr mit Bezügnissen, die ihnen höher und geistiger zu sein scheinen, als sie der verschlenderte gewöhnliche Tag bietet. Wie an einer Eisenstange hielt sich Gustav fest an Schaller's bewußtem Willen, und nebenher fand er im harmlosen Verkehre mit Meister Heinze und dessen Töchterlein auch ein behagliches Genüge. Er saß jetzt oft in der freundlichen Werkstatt des alten Drechslers, schnitzte Holz, lernte nebenher einige Handgriffe, drechselte am Ende selbst ganz artige Dinge und lächelte dazu, wenn Heinze ihn lobte und Aennchen, eine kindische Freude darüber bewies.

So hab' ich Sie noch gar nicht lächeln sehn, sagte die Kleine, und zu eigner Ueberraschung erwiderte er: ich glaube selber, es ist seit Jahren nicht geschehn.

Der Sonntagmorgen warb ihm bereits ein erwünschter, lieber Zeitraum; der Alte rüstete sich zum Kirchgange, Aennchen, schon fertig geputzt, stand neben dem Rade und sah zu, wie Gustav arbeitete, rief besorgt dazwischen, wenn sie glaubte, daß er zu viel Raum wegschnurren lasse, klatschte in die Hände, wenn er ihr zeigte, es sei nicht zu viel und gebe eine hübsche Bildung. Dazu schien die Sonne in's kleine Zimmer, die feinen Späne wirbelten in ihren Strahlen, der Kanarienvogel sang aus voller Kehle, draußen läuteten die Glocken.

Waren sie fort zur Kirche und er saß allein, dann bedachte er, was den Tag zuvor gelesen und besprochen worden war, und ließ die Stoffe in sich hin und herfahren, damit sie sich einen Platz, eine Ordnung fänden, drechselte weiter, sah mit Vergnügen zu, wie das weiße harte Holz immer neue kraus gewundene Fasern und Ringe herausstellte, träumte sich gottselig in die reich und festgegliederte Schöpfung Gottes, welche bis in's kleinste Stückchen Holz ein sichres, anmuthiges Gesetz zeige, und stimmte endlich zum gleichmäßigen Geschnurre des Rades ein altes Liedchen an, was seit der Knabenzeit von Prag in ihm geschlummert hatte. Dann überraschte ihn Freund Schaller, setzte sich lächelnd zu ihm auf die Bank und fragte: wie geht's?

Gut, mein Liebster, ich heimle mich wieder ein in die Welt –

Jeder sucht's auf seine Weise, und beschwichtigt den Krieg – das Leben ist ein Krieg mit Allem, wenn's noch so friedlich ringsum in dieser Werkstatt aussieht; können Sie dem Manne das Bischen Miethe nicht bezahlen, äußern Sie etwas gegen sein Christenthum, kurz, gefallen Sie ihm nicht mehr, so hat die Herrlichkeit ein Ende. –

Als Meister Heinze aus der Kirche kam, sah er absonderlich vergnügt aus und eröffnete denn auch bald sein Herz mit den Worten, er habe einen Vorschlag; Aennchen nämlich habe ihm mitgetheilt, was ihr Gustav neulich des Abends in der Dämmerstunde Alles erzählt habe von seiner Jugendzeit, und da sei auch von der Jagd die Rede gewesen – hören Sie, das ist auch meine Passion, 's sind jetzt gerade nicht viel Bestellungen da, für die Märkte ist auch vorgearbeitet, ich mach' mir hie und da einen freien Tag, Pulver und Schrot sparen wir uns vom Munde ab, hier im Wandschrank hab' ich zwei alte Flinten, machen wir uns morgen früh dran! Hohe Zeit ist's auch, das Frühjahr kommt; zwei Meilen von hier kenn' ich einen Förster, der Pulverhörner und sonstiges kleines Zeug immer bei mir bestellt, weil's ihm hier kein Anderer zu Dank machen kann, der hat mich schon zehnmal eingeladen, und ich bin den ganzen Winter erst zweimal bei ihm gewesen, wie wär's mit morgen?

Gustav fand eine kindische Freude daran, lief gleich nach den Gewehren, um eins zu putzen und geschickt zu machen, Schaller sagte: Ich freue mich, liebster Gustav, daß Sie noch so unbefangne, wohlfeile Freude haben können, und wenn's der Meister Heinze erlaubt, so bin ich auch mit von der Partie, werd' mir ein ordentlich Schießzeug schon besorgen.

Je, mit dem größten Vergnügen, Herr Schaller; das wird ja meinem alten Förster ein Hauptfest, und Aennchen nehmen wir auch mit in's Forsthaus, da kennt sie die alte Forstmutter, und läßt sich was erzählen und wartet auf uns.

Dies bescheidene Vorhaben regte in dem kleinen Kreise, dessen Wünsche so glücklich bescheiden waren, die heiterste Lebensthätigkeit auf. Meister Heinze hatte den ganzen Tag vorzubereiten und hätte beinah seine gewöhnliche Bierstunde versäumt, welche er sonst mit der Minute einzuhalten pflegte; Aennchen sprang überglücklich umher, und versicherte Gustav, den Gewehrputzenden, sie sei sehr glücklich.

So war es Abend geworden, der Meister war nach dem Bierhause, Gustav saß ermüdet im Winkel der kleinen Wohnstube, die durch einen verschlossenen grünen Vorhang von der Werkstatt getrennt wurde; die Aufregung hatte sich ein wenig gelegt, Aennchen machte das Kaminfeuer zurecht und füllte ein Körbchen mit kleinen Kienstücken, die auf der Ofendecke zum trocknen lagen, dann setzte sie sich vor die fett und dunkelroth puhstende Flamme, legte die Hände in den Schooß, und sah in's Feuer. Das junge Mädchen gewann dadurch ordentlich ein nachdenkliches und gegen sonstige Gewohnheit würdiges Ansehn, Gustav betrachtete das artige Bild mit dem größten Wohlbehagen. Seine Phantasie war erfüllt mit Toni's Liebreiz, es drängte ihn, davon zu sprechen, das junge Mädchen sah so Mittheilung weckend drein, er rückte zu ihr, und erzählte ihr seine Gedanken, schilderte Toni und die Sehnsucht nach der Verschwundenen. Mit dem wärmsten Antheile hörte Aennchen zu, unterbrach ihn nur zuweilen mit den Worten »ach wie schön, wie liebenswürdig muß sie sein!« und als Gustav zu Ende war, rief sie aus: Wenn sie doch zu finden wäre!

Gutes Aennchen! sagte er, und küßte sie auf die Stirn. Das Mädchen bebte leise, auf dem Hausflur ließ sich der stapfende Stock des heimkehrenden Meister Heinze hören.

22

Man konnte sagen: es war den letzten Tag vor dem Frühlinge, als nächsten Morgens unsere Elbinger Gesellschaft auf die Jagd zog: über die Erde, zwischen den Bäumen hin, durch die Luft zog schon solch ein leiser Hauch des neuen Sonnenjahres, aber in der Nacht war noch ein leichter Frost und ein Schneereif über die Erde gefallen, und die Wanderer schritten trocknen Fußes durch die Föhrenholzungen hin. Sie waren guten, fröhlichen Muthes, nur Herr Schaller, den die Richtung des Weges zu überraschen schien, war ernst und nachdenklich.

Der Morgen dämmerte langsam herauf, und als der erste Sonnenstrahl durchbrach, sahen die rüstigen Wanderer durch die Bäume hindurch das alte Försterhaus mit den blanken Fensterchen schimmern. Sie fanden Geschäft und Bewegung darin, und der alte Förster wußte nicht recht, ob er Verlegenheit oder Mißmuth unterdrücken sollte, als er die Gäste willkommen hieß und an der Jagdrüstung erkannte, worauf es abgesehen sei – der gnädige Herr hatte just zu diesem Morgen eine große Jagd ansagen lassen, er konnte jeden Augenblick kommen. Schaller lächelte, Gustav war verdrießlich, Meister Heinze betreten; die alte Frau Försterin trat aber mit ihrer Behäbigkeit dazwischen und schlichtete, sie herzte Aennchen, versicherte, ihre Tage nicht so ein hübsches, frisches Kind gesehn zu haben, und indem sie den Herren die Flinten abnehmen und in eine Nebenkammer stellen half, sagte sie: Sein Sie nur guten Muths, meine Herrn Stadtherrn, das gnädige Fräulein kommt heute mit, da werd' ich ein gut Wort einlegen, und Sie werden schon zum Schießen kommen; jetzt wollen wir aber doch die Büchsen nicht sehen lassen.

Da hörte man aus der Ferne Geräusch, Hundegebell, Hufschlag und Wagengerüttel auf dem harten Wege, eine Reiterin flog auf einem feurigen Schimmel durch die Bäume und parirte den Galopp des Pferdes erst dicht an der Hausthür. Toni, rief Gustav außer sich und stürzte ihr entgegen – die Dame, geröthet vom frischen Morgen, erhitzt durch den raschen Ritt, verschönert durch den schwarzen Hut, von dem der Schleier wehte, durch das dunkle, knappe Reitkleid, war es Toni? Sie sah dem sie leidenschaftlich begrüßenden, jungen Mann kalt und vornehm in's Gesicht und sprach kein Wort; alsbald kam auch ihr Onkel zu Pferde an und ward als gnädiger Herr vom Förster begrüßt;

er fragte nach den Fremden. »Besuch aus Elbing, gnädigster Herr, der mir heute unerwartet und« – setzte er leiser hinzu – »ungeladen kam.« Wenn die Herren Schützen sind, kannst Du sie mit anstellen – wie heißt der Herr in der Hausthür, Förster? fragte er leise und hastig, und nahm seine Mütze ab, grüßend nach dem Fremden – es war Herr Schaller, der mit untergeschlagnen Armen aufmerksam den Edelmann betrachtet hatte. Der Förster wußte es nicht.

Die Wagen kamen heran, man stieg ab, die Treiber wurden beordert, ein Jäger brachte dem Fräulein eine leichte Jagdflinte, alles wurde in Ordnung gesetzt, man brach auf. Zum öftern sah der gnädige Herr Graf nach Schaller hin, die Physiognomie mußte ihn sehr beschäftigen. Mit Lärmen ging die Jagd in den Wald, Wagen und Pferde gingen nach andrer Richtung, um später die ermüdeten Jäger aufzunehmen.

Im Försterhause war es ganz still geworden. Aennchen ließ sich von der Alten erzählen, ob das gnädige Fräulein Toni heiße – denn sie hatte Gustavs Ausruf wohl vernommen – und ob sie verreist gewesen, und wie sie sei –

Toni heiße das Fräulein nicht, aber ähnlich: Antonie, und verreist sei sie lange gewesen, bei Verwandten an der Ostsee. –

Ob sie vielleicht Schauspielerin gewesen. –

Bewahre der Himmel, das wär' eine schöne Geschichte, wenn man so was nachsagen wolle, wie's einmal im Dorfe geheißen hat, daß es der reiche Bauer Friedrich mit vom Getraidemarkt in Danzig gebracht habe, der sie in der Komödie gesehn haben wollte – der gnädige Herr sei so böse über diese Redensarten geworden, daß er seinen Kutscher habe todtschießen wollen, der es fraglicher Weise dem Friedrich nacherzählt habe. –

Aennchen betrachtete nachdenklich die zinnernen und kupfernen Geschirre, welche spiegelblank auf einem Brettchen standen, das um den Sims der braunen, hölzernen Stube lief; sie wußte sich gar nicht zu finden in ihre Gedanken, und es war ihr ganz recht, der Alten mit zur Hand gehn zu können, welche eine stattliche Mahlzeit rüsten wollte für die Jäger und Gäste.

Draußen war die Jagd im besten Gange. – Gustav, von seiner Jugendzeit in Prag her noch ein trefflicher Schütze, erregte das größte Aufsehn; man bot ihm Wetten an, er gerieth in die größte Verlegenheit; denn seine Tasche war ziemlich leer, und auf das mehr als wahrscheinliche Gewinnen hin die Paraden einzugehn, ließ ein andrer Stolz nicht zu. Stolz gegen Stolz – Herr Schaller schlichtete den Streit: er nahm alle Wetten an, die gegen Gustav's Treffen gemacht wurden. –

Das gute Schießen, was nächst dem Reiten, hohem Spiel und genauer Kenntniß der Hunde für eine specifische Fähigkeit des Kavaliers gehalten wurde; Schallers Benehmen, was unter einer gewissen Sicherheit und Überlegenheit entgegentrat, hatte im Verlaufe der Jagd die beiden Fremden, welche so dürftig eingeführt worden waren, bei weitem günstiger gestellt.

Man beachtete sie sehr, man war neugierig, man fragte im Weitergehen den Meister Heinze nach ihnen. – Schaller, dies vorhersehend, hatte aber dem Meister schon zugeflüstert, was er zu sagen habe; diese Art von Verläugnung wurde dem ehrlichen Elbinger zwar sehr schwer, aber Schaller's Autorität, siegte auch hier, der Meister wußte nichts, als daß es ein Paar Fremde seien.'

Gustav's Bewillkommnung des Fräuleins hatte Niemand von der höheren Jagdgesellschaft bemerkt, das Fräulein war auch fortwährend so umringt von dienstbeflissenen Herrn, und der Jäger, welcher ihr die Flinte lud, wich ebenfalls keinen Augenblick von ihrer Seite, daß Gustav keinen neuen Versuch der Annäherung wagen konnte. Er verlor sie aber keinen Moment aus dem Gesichte, und trotz ihrer befremdenden Art, die früher so freundlich gehegte Bekanntschaft aufzunehmen, empfand er bei ihrem Anblicke das größte Entzücken. Daß er sich wirklich irren, daß sie eine andre sein könne, fuhr ihm wohl auch einmal durch den Sinn, fand aber keine Stätte, und wenn er zuweilen, nicht weit von ihrem Schußstande aufgestellt, dem Muthwillen nachgab und ihr auf weite Distance die Hasen wegschoß, welche ihr in den Schuß liefen, dann beantwortete sie diese Herausforderung auf der Stelle damit, daß sie ohne Weiteres in sein Terrain hineinschoß. Es war ihm, als ob er Toni da sprechen, spotten und lachen hörte.

Die Sonne schien prächtig – Gustav hatte all die lange Zeit des Leides vergessen.

Die Wetten waren alle gewonnen, die Fremden waren auf's Schloß geladen, das gnädige Fräulein hatte sogar aus dem Forsthause das hübsche Aennchen mit sich genommen, weil sie ihr wohlgefiel. Man saß zur Tafel, sogar Meister Heinze hatte am untersten Ende des Tisches ein Plätzchen gefunden, Herr Schaller erzählte Jagdgeschichten aus Rußland, Alles war guter Dinge.

Gustav hatte auf dem Rückwege das Verhältniß zu Toni und ihr Verläugnen desselben seinem Freunde mitgetheilt. – Ignoriren, mein Lieber, erwiderte er, ignoriren müssen Sie die Dame, dann wird sie selber kommen.

Gustav, seit längerer Zeit schon auf einen dreisteren Fuß der Welt gegenüber postirt, hatte bereits die nöthige Sicherheit dazu, er nahm nicht die geringste Notiz von dem Fräulein und tändelte zuweilen in lustigen Scherzreden mit Aennchen, welche Toni neben sich gesetzt hatte. Das Fräulein schien aber ebenfalls nicht das mindeste zu bemerken.

Unterdessen brachte Schaller ein Gespräch auf's Tapet, welches die allgemeine Aufmerksamkeit sehr in Anspruch zu nehmen schien: er fragte den Hauswirth, ob er nicht einen Verwandten seines Namens habe, der vor vielen Jahren auf Reisen gegangen sei? –

Nicht daß ich wüßte. –

Einem Manne Ihres Namens bin ich in Moskau begegnet, er war stark derangirt von der Reise, und ich hatte das Vergnügen, ihm nützlich sein zu können. Es waren wunderliche Geschichten, die er mir erzählte: wegen ungewöhnlichen Lebensansichten war er vom Vater nicht wohl gelitten, und hatte wegen eines Bruders, den er zu hänseln liebte, täglich neue Mißverhältnisse; kurz, die Heimath war ihm lästig worden, und er hatte sie eines Morgens ohne Abschied verlassen, um in die weite Welt zu gehn. Es schien ein gewisser Schalk in ihm zu wohnen, denn von besonderem Genüge war es ihm hinzuzusetzen, daß er als Aeltester Majoratsherr sei, und der Herr Bruder, welcher bei Verschollenheit des legalen Erben das Majorat angetreten habe, nun in der endlosen Besorgniß lebe, jener könne einmal plötzlich heimkehren. Diese Mittheilung hatte eine Todtenstille erzeugt; die Gäste, welche das Verhältniß der Familie kannten, schienen eben so betroffen zu sein, wie der Hausherr. – Schaller schwieg aber nur einige Sekunden und sah lächelnd drein, dann setzte er hinzu: Ich glaube indessen, es ist keinerlei Besorgniß nöthig, der herumstreifende Majoratsherr kümmerte sich um viele Dinge, die ihn nichts angingen, und sprach, wo ihn Niemand gefragt hatte – das war nun in Rußland schlecht angebracht, man hat ihn, so viel ich weiß, nach Sibirien geschickt. Ich glaube wenigstens, mich geirrt zu haben, als ich mir ein Paar Jahre später einmal in Paris einbildete, in einem vorüberfliegenden Wagen hab' jener herumstreifende Majoratsherr gesessen.

Und nun folgten von dem gewandten Schaller so viel interessante Geschichten aus Paris, daß jene Erinnerung bald von der Theilnahme des Zirkels überdrängt wurde, wenigstens war man wieder gesprächig, und Niemand kam darauf zurück. Der Hausherr nöthigte stark zum Trinken, und kündigte für den zweiten Tag darauf eine neue Jagd an. Was von den Gästen gleich bis dahin bleiben wollte, ward dazu eingeladen, auch Schaller, Gustav, Meister Heinze und Aennchen – Meister Heinze schlug es rund ab: so lange könne er seine Kunden nicht umsonst nachfragen lassen, aber Aennchen ließ er da, und ging mit schwerem Herzen in Fräulein Antoniens Vorschlag ein, ihr Aennchen überhaupt auf einige Zeit zu überlassen, sie sollte in mancherlei Fertigkeiten unterrichtet werden. 'S ist zwar nicht nothwendig für sie, denn am Ende kriegt sie doch nur 'nen Bürgersmann, für den Kochen, Stricken und Nähen hinreicht, andre Herrlichkeiten sogar im Wege sind, und zu Hause wird mir angst und bange werden ohne das Kind, indessen ich will nicht in den Weg treten, über ein Mädchen beschließt der Herrgott selbst, und ein artig Kind ist's, wenn sie nicht eines Drechslers Tochter wäre, möchte das Beste für sie passen. –

Als Herr Schaller und Herr Dorn waren die beiden Schauspieler auf's Beste im Schlosse einlogirt; wofür man sie hielt, wußten sie nicht; sie saßen munter beim Frühstück und ließen sich von der Sonne bescheinen, die im Zimmer umher lag.

Gustav fragte, was an der Geschichte gewesen sei vom Majoratsherrn, –

Nichts, Lieber – wir brauchen Terrain und müssen uns eine Wichtigkeit geben. Ueber Kurz oder Lang erfahren sie doch, daß wir Schauspieler sind und weisen uns die Thür. Sie müssen aber doch einige Zeit und Gelegenheit haben, um mit Toni auf sichern Fuß zu kommen. – Schauspielerin ist sie gewesen, ich seh's am Putz, am Auge, am Teint, am Gange. –

Der Bediente trat ein: Der gnädige Herr lasse fragen, ob es den Herren gefällig sei, mit ihm auszureiten. Die Einladung ward angenommen.

Als man im Hoffe zu Pferde stieg, ward ein Fenster aufgerissen, Fräulein Antonie im fliegenden Negligée rief ihrem Onkel zu, nach welcher Richtung er ritte, sie wolle nachkommen.

Das Ignoriren wirkt! flüsterte Schaller neben Gustav.

Sie ritten langsam voraus, und es dauerte denn auch nicht lange, so kam Fräulein Antonie vollen Carrières nachgebraust. Sie hatte sich nicht die Zeit genommen, das Negligée mit einem Reitkleide zu vertauschen: die Locken flogen, ein Schuh war bereits verloren und der schöne Fuß saß nur strumpfbekleidet im Bügel, wild, aber verführerisch sah die rasche Dame drein, nahm keine Notiz vom Schelten des Onkels, ordnete ununterbrochen und ohne zu sprechen das widerspenstige, für das Reiten zu kurze Gewand und sah entschlossen wie zu einem Feldzuge bald dem Onkel, bald Herrn Schaller, bald Gustav in's Gesicht.

Mein Taschentuch, Herr Dorn, ich bitte!

Es flog rückwärts, Gustav ritt darnach und stieg ab; sie war alsbald bei ihm, die älteren Herren ritten weiter. –

Warum kennen Sie mich nicht, warum wollen Sie mich nicht kennen?

Mein Fräulein –

Sie sind impertinent; warum affektiren Sie auch unter vier Augen, mich nicht zu kennen – sagen Sie nichts, unterhalten Sie mich, aber angelegentlich, interessant – was ist aus der Bande geworden? Was spielt Herr Schaller? Was kokettirt er solch eine Wichtigkeit? wo hat er das Zeug dazu her?

Gustav lachte und küßte ihr den Fuß – da kam der Onkel schnellen Laufes zurückgeritten, um zu sehen, was es gäbe. –

Passen Sie heut Abend nach dem Thee ordentlich auf, damit ich Ihnen ein Billet geben kann. –

Das sprach sie im Augenblicke, wo der Onkel im Geräusch des galoppirenden Pferdes ankam. –

Jetzt war sie heiter, gesprächig, voll Witz und Muthwillen, und unterhielt Alle vortrefflich. Des Abends sah sie reizend aus, und unter der Tasse, die sie Gustav reichte, berührte sie ihn mit den Fingern und steckte ihm das Briefchen zu.

Sie verlieren da etwas, sagte Schaller und griff ebenfalls unter die Tasse, aber Gustav war bei aller Bestürzung geschickt genug, diese Dreistigkeit unschädlich zu machen, das Billet zu retten.

23.

Toni beschied ihn durch das Billet auf ihr Zimmer. Etwa eine Stunde später, als man sich aus dem Salon entfernt habe, solle er kommen. Es folgte eine genaue Beschreibung der Lokalität. Die Schwierigkeit für Gustav war nur Schaller, der neben ihm wohnte, dem er natürlich nach der Billetattrappe nicht mehr trauen mochte, der des Abends oft noch lange mit ihm zu schwatzen pflegte und gerade heut kein Ende finden konnte. Gustav mußte endlich Todesmüdigkeit vorschützen, um ihn fortzubringen. Nun war die Aufgabe, nach einer Weile den Stubenschlüssel leise umzudrehen, welcher die beiderseitige Verbindungsthür schloß.

Gustav that es; das Schloß, wahrscheinlich selten in die Nothwendigkeit versetzt, knarrte widerspenstig, Schaller hatte es sicher gehört. Es lagen neun Zimmer in einer Reihe, welche alle auf den Korridor führten und innen durch Thüren alle verbunden waren, die diesseitigen äußersten bewohnten Schaller und Gustav, die jenseitigen äußersten der Gutsherr, die mittleren, dicht am Gutsherren, Toni mit ihrem Kammer-mädchen, deren Zimmer von Gustav aus passirt werden mußte. Der Salon war eine Treppe tiefer.

Er probirte im nächsten Zimmer, ob die Thür nach dem Korridor auch geschlossen war – nein, er that es also selbst, eben so bei der folgenden, in welcher durch die halbangelehnte Thür ein Lichtschimmer aus Toni's Gemache drang. Mit Erschrecken hörte er die Athemzüge eines Schlafenden – es war die Kammerfrau. In Toni's Zimmer tretend deutete er stumm und besorgt hinter sich; Toni lachte aber zu seiner Bestürzung laut auf und sagte: Das Mädchen hat von Hause aus den besten Schlaf in der ganzen Gegend, und ich habe ihr heute so viel Bewegung gemacht, daß sie todt ist – die Thüren? Natürlich habe ich sie offen gelassen, und Sie hätten sie nicht schließen sollen; passirt etwas, und man bemerkt's, so ist man verdächtig, und dies gottlose Wort, was man wegen des unbedeutendsten Zeuges gebraucht, ist mir just das widerwärtigste. Sind alle Zimmer offen, so kann im Nothfall kommen, wer will, dann trotzt man wirklich den Leuten, nicht wenn man sich versteckt.

Warum aber, mein Fräulein, haben Sie mich dann nicht offen beim Abendessen eingeladen, ich solle Sie gegen Mitternacht noch besuchen, Sie würden im weißen Nachthabit zu Bett liegen und Silhouetten schneiden. –

Ja, sehen Sie, ich schneide da den Herrn Schaller auf allerlei Manieren; der Herr Schaller ist übrigens zehnmal interessanter als Sie, wenn er nur zehn Jahre jünger wäre, dann nützte es Ihnen nichts, immer noch zwanzig Jahre jünger zu sein als er. Aber, obgleich ich's für ein Vorurtheil und eine üble Gewohn-heit halte, junge Leute vorzuziehen, wenn die Männer über Fünfzig sind und so gewisse weichliche, welke

Hände be-kommen, da interessiren sie doch nur, sobald ein Tisch dazwischen steht.

Und den Besuch anlangend, ja, da haben Sie ganz recht, ich hätte Sie offen einladen sollen, und das hätte ich auch gethan, wäre ich unabhängig genug und nicht meinem Onkel unterworfen, und – sehen Sie, ich mache mir nicht so viel aus der Welt, als ich hier von der Hand auf Ihren Schnurrbart blase, aber es ist mir fatal, wenn das klägliche Volk zischelt, die Köpfe zusammensteckt – kurz ich hasse den guten Ruf bei gewöhnlichen Leuten und kann den schlechten nicht ertragen. Wir sind ja Alle so jämmerlich, weil wir halb sind, was wir ganz sein wollen, und wenn wir Weiber über diese Halbheit hinausgehn, so werden wir merkwürdig und hören auf liebenswürdig zu sein.

Beim Lichte besehen, was habt Ihr denn an einer Mädchentugend, die immer neben der Mutter geschlafen hat – aber, Ihr habt auch keine Courage, ohne den Quittungsschein der Tugendassekuranz mögt Ihr ein Mädchen nicht, was?

Sie sprechen über Mädchen, entgegnete Gustav, als wenn die Mädchen Männer wären. –

Seien Sie still, Sie sind eben so bornirt in Ihren Mannes-vorurtheilen! Die thörichten Weiber, sie sind immer die ersten, welche uns anklagen, wenn wir aus der Abhängigkeit herauswollen. Und die Männer! Man sieht Euch nie anders als eitel oder sinnlich! Solch eine Zusammen-kunft, eine Visite, wie jede andere, nennt Ihr ein Rendezvous, und da glaubt Ihr Euch zu Allem berechtigt; Sie verwundern sich über meine ganz offene Versicherung, daß ich nichts will, als eine pikante Unterhaltung. Sie selbst sind nicht bedeutend genug, um pikant zu sein, deßhalb will ich mir das durch die Situation verschaffen.

In dieser Weise ging es fort, und sie hielt wirklich, was sie gesagt: Gustav durfte ihr die Hand küssen, mehr gewährte sie nicht; nur darin war sie inkonsequent, daß sie mitunter im Reden inne hielt und nach der Seite von ihres Onkels Zimmern hinhorchte, wo nicht verschlossen sei. Ihren Prinzipien war wohl die Kraft noch keineswegs gewachsen. Plötzlich schrack sie laut auf: ein großer Jagdhund ihres Onkels stand zwischen Gustav und ihr und legte seine Schnauze auf das Bett, in demselben Augenblicke fiel ein Schuß vor den Fenstern. – Fort, fort, Gustav, und schließen Sie die Thüren auf! Der Hund knurrte und bellte und rannte hinter Gustav her, die Kammerjungfer erhob sich schlaftrunken im Bett; wahrend Gustav rasch die Thüren aufschloß, wurde Alles im Schlosse lebendig.

Als er in sein Zimmer trat, hörte er schon von Toni's Seite her die Stimme des Gutsherrn, Schaller pochte an der verschlossenen Thür.

24.

Es wußte Niemand den andern Morgen, woher dieser nächtliche Schuß gekommen sei. Der Gutsherr machte ein sehr schlimmes Gesicht, und da es obenein regnete, so wurde die Jagd sehr unerfreulich. Man ging zu Tische; der Herr des Hauses fand unter seiner Serviette einen Brief und erbrach ihn hastig; der Zorn legte sich immer schwerer auf sein Antlitz.

Meine Herren, sprach er, zu den Jagdgästen sich wendend, die aus der Umgegend gekommen waren, ich habe Sie sehr um Entschuldigung zu bitten, daß Sie schon zum zweitenmale auf gleichem geselligem Fuße mit Leuten behandelt werden, die mir bisher ebenfalls so weit unbekannt waren, und von denen ich nichts als die Namen wußte. So eben erfahre ich, daß es Schauspieler sind; Monsieur Schaller und Monsieur Dorn, es wird Sie nicht befremden, daß ich keinen Verkehr mit Komödianten zu halten pflege. –

Gustav war außer sich vor Zorn und Entrüstung, Alles war todtenstill, Schaller lächelte.

Wissen Sie vielleicht, wandte er sich nach dieser Pause zum Hausherrn, wer Ihnen den Brief geschrieben hat?

»Herr, ich habe keine Lust, in solche Details mit Ihnen einzugehen!«

Ich aber.

»Johann! theile dem Herrn Schaller mit« –

Ich möchte Sie gern von einer Brutalität abhalten, die Sie bald bereuen würden, und ich bin so höflich, weil Sie mein Gast sind – der Brief, den Sie da eben gelesen haben und der Sie in Kenntniß setzt, daß wir Komödianten seien, ist von mir geschrieben, und – ich bitte, unterbrechen Sie mich nur eine Minute lang nicht, Sie werden nach Verlauf derselben ganz andere Dinge zu sagen haben, als Sie jetzt beabsichtigen – ich habe Sie nicht umsonst vorgestern auf Ihren Herrn Bruder, den Majoratsherrn dieses Schlosses und aller dieser Besitzungen aufmerksam gemacht; er lebt wirklich, und ich bin sein Abgesandter und Stellvertreter, diese Güter verwalte ich von Rechtswegen und Sie sind mein Gast; nicht Ihnen kommt es zu, mir die

Thür zu weisen, weil ich ein Komödiant bin, und ein solcher bin ich nebenher wirklich.

Diese Erklärung gab natürlich große Bestürzung. Schaller hatte sich ruhig nach dem Bedienten umgewendet und diesem aufgetragen, die Suppe ungestört weiter zu serviren.

Der Gutsherr war todtenbleich geworden, raffte sich indessen bald zusammen und erklärte, vom Stuhle aufspringend, daß er diese Komödianterei gebührend züchtigen werde.

Nun erhob sich Schaller ebenfalls vom Sessel, der unweit der Wand aufgestellt war, an welcher das lebensgroße Konterfei des zuletzt verstorbenen Gutsherrn hing; er strich mit einem Griffe falsches Haar und falschen Backenbart von Kopf und Antlitz, und in der frappantesten Aehnlichkeit mit dem Wandgemälde sah er blitzenden Auges den starr hinblickenden Herrn vom Hause an, mit donnernder Stimme sprechend: Nun, Christoph, bin ich der richtige Stellvertreter? Karl selber! rief dieser tonlos, und zwei alte Bediente stürzten herbei, den jungen Herrn mit Handküssen und großer Rührung bewillkommend.

Darauf nahm Herr Schaller wieder den vorigen sanften Ton an, bat die Gesellschaft, solche Störung als nicht da gewesen zu vergessen und sich keinen Augenblick im Diner stören zu lassen.

Er setzte sich, winkte den Bedienten, und das Essen ging unter einer Todtenstille seinen Gang. Schaller unterbrach sie endlich mit folgenden Worten: Die geehrten Gäste mögen mir erlauben, daß ich sie mit einem kurzen Abriß meiner Geschichte unterhalte. Ich war der älteste Sohn dieses Hauses, aber nicht der geliebteste; unser Vater bevorzugte eigentlich den dritten, Antoniens Vater, der früh verstorben ist, und nächst ihm Christoph, der bisher die Güter verwaltet hat und unter uns sitzt. Unsere Jugend fiel in die Zeit der französischen Revolution, alle Gemüther und Geister waren mehr als sonst darauf gestellt, Rechtmäßigkeit des Besitzes zu prüfen. Das geschah mitunter so spitzfindig, wie es skrupulöse Mönche ehedem mit ihrer Frömmigkeit getrieben haben. Die Stimmung und das Verhältniß unsers Vaters zu uns brachte mir allerlei beunruhigende Gedanken, die meistens darauf hinausliefen, ob man eine Stellung, welche die bloße Geburt geschenkt habe, die aber übrigens den Nächststehenden und Nächstberechtigten gar nicht genehm sei, ob man diese gegen den Willen und Wunsch dieser doch behaupten solle, und ob man selbst unter solchen Umständen Glück finden und geben könne. Das Glück überhaupt machte mir große Noth: kommt es blos von außen zu uns, oder ist es nur von innen heraus zu gewinnen? Sie sahen, ich war frühzeitig ein Komödiant, ich ließ mein Erbtheil im Stiche und ging in die weite Welt. Ist das Glück wirklich Dein, dachte ich, so wird es sich zeigen, Du willst eine Glücksprobe versuchen und Deine Existenz daran setzen.

Ich ging zunächst nach Frankreich, und sah, wie der natürliche Mensch dem künstlichen täglich seine Streiche spielte, wie die Humanitätshelden Menschen blieben, und um so bedenklicher, je gewaltsamer sie es verläugnen wollten. Ich ging nach Rußland, und sah, wie bedenklich der Mensch würde, wenn er sich ganz ungefragt gehen lasse. Gegen den Gedanken, wir seien nichts und vermöchten nichts, das Glück sei ein unmittelbares Geschenk, gegen diesen Gedanken, der mich am längsten beherrscht hat, sträubte sich mein Stolz. Hätte ich ihm nachgegeben, so wäre ich ohne Weiteres nach Hause zurückgekehrt und hätte meine Herrschaft angetreten.

Ich machte einen neuen Versuch, und probirte alle Stände, in die ich mich eindrängen konnte: ich ward Soldat, Bürger, Bauer, Geschäftsmann, Künstler, am Ende Komödiant, weil man da Alles brauchen kann.

Der Soldat war mir zu sehr auf's unmittelbare Glück angewiesen, er ist das Instrument desselben; Bürger, Bauer, Gescäaftsmann, sind in so enge Gränzen gewiesen, daß nur ein kümmerlich Glück den Weg zu ihnen findet, die Ansprüche werden so beschränkt, katasterartig, daß es sogar oft nicht erkannt, daß es von der Thür gewiesen wird; der Künstler braucht's wie der Soldat zum täglichen Brode, seine Existenz ist nur eine, wenn er Glück hat.

Wo gerieth ich am Ende hin? Dahin: es gibt zweierlei Glück, und wer gutes Glück hat, verbindet sie beide. Das erste ist jenes wunderbare Gelingen, was wie eine segensreiche Seele unser Thun und Lassen begleitet, was uns von der Geburt, von der Lotterie, von der kapriciösen Neigung in den Schooß geworfen wird. Das zweite ist unsere innere Harmonie, dies nie verstimmte Glockenspiel, was unsre Existenz tönend begleitet, was die heiteren Gesichter macht, die harmlose Theilnahme schafft an den Freuden der Kinder, am Gelingen des Kleinsten.

Dies zweite läßt sich zum Theil erwerben und ist somit der menschliche Triumph über das unerklärte Schicksal; es läßt sich zum Theil erwerben durch Bildung, aber freilich nur zum Theil; wenn jenes Dämonische oder Göttliche oder regelmäßig Zufällige, wie es die verschieden denkenden Menschen heißen, wenn jenes geheimnisvolle Etwas fehlt, was man ordinair hin Glück nennt, da wird Alles ein kümmerlich Wesen.

In dieser Erscheinung liegt's, daß die schwachen Menschen abergläubisch oder frömmelnd oder durchaus ungläubig werden und daß ich wieder zu meinem Besitze heimgekehrt bin, den mir das Glück der Geburt beschert hat.

Natürlich kam es auch nach dieser Rede zu keinem fließenden, bequemen Verkehr unter den Gästen; sie kannten Christoph, und wenn sie ihn auch nicht liebten, so waren sie doch daran gewöhnt, ihn als Besitzer zu sehn; wäre er gestorben, so hätten sie den Wechsel harmlos aufgenommen, aber es ist uns immer unbequem, den Lebenden neben uns verlieren zu sehn, weil uns das Mitleid unbequem ist, zu dem wir dann genöthigt werden, der schweigende Anspruch auf Hilfe, der aus der Lage heraus auch uns mahnend entgegentritt.

So hat auch der Egoismus seine Theilnahme.

Die Leute wußten nicht recht, sollten sie sich an Christoph oder an Karl wenden, und das störte sie; jener war doch eigentlich nichts mehr, und dieser blieb nebenher ein Komödiant und mit dem Anstriche eines abenteuernden Vagabunden versehen. Sie bestellten in der Stille ihre Pferde; wer nicht wußte was zu thun sei, erfuhr es dadurch mit und bestellte auch das Anspannen. Nach dem Kaffee war Alles fort, Christoph war auf sein Zimmer gegangen, Toni stand in der Fenstertiefung und sah nach den Wolken; sie war ärgerlich; und Aennchen, was neben ihr stand, konnte nichts recht machen. Schaller und Gustav gingen im Saale auf und ab.

Spiele nur Einer, hub jener an, den Weisen, oder solch 'ne Art Schicksal, wie ich eben gethan, dann kommt gewiß dummes Zeug heraus; ich hab' da viel mehr gesagt, als ich sagen wollte, und die Dinge so sicher und fest gemacht, wie sie mir's keineswegs sind. Wer eine Rede hält und systematisch sprechen will, der macht das System sogleich zum Lügner.

Sehn Sie, ich bin wirklich ein Komödiant geworden, mir unter den Händen geworden: da hab' ich eine Scene bereitet wie Einer, und die Gewohnheit straft mich schon in diesem Augenblicke. Ich bin nun einmal wirklich der Herr Schaller geworden, der ich nur einige Zeit zum Scherz sein wollte. Hier dieses Gut zu verwalten, ist gar nichts mehr für mich, ich fühl' es deutlich in diesem Augenblicke, es ist mir unbequem nicht mehr Schaller genannt zu werden, was soll mit meinem Bruder geschehen, der nichts anders thun kann, als seinen Bauern befehlen? Da haben Sie die Nemesis des Glücks, was dem auf der Stelle entweicht, der es definiren will; ich werde unruhig, was ich seit Jahren nicht gewesen bin, und muß mich beeilen, aus dieser Lage wieder heraus zu kommen.

Schon gestern begann es: ich trieb Sie selbst zum Abenteuer mit der gesuchten Toni, ehe ich wußte, wer sie sei. Als ich meine Nichte in ihr fand, ein verwandtschaftliches Wesen, was mir blos durch Tradition und Einbildung darum näher stand, die mir nach meinen theoretischen Begriffen durchaus fremd sein mußte, sehen Sie, als ich das wußte, war ich plötzlich der beste Familienpedant, ich wollte Eure ordentliche Liebschaft durchaus zerstören, ich schoß heute Nacht zum Fenster hinaus, um das Haus aufzuregen, weil ich wußte, daß Sie zu ihr geschlichen seien. –

Sie?

Ja, ich, und ich rathe Ihnen jetzt noch ernstlich, allen Umgang mit ihr abzubrechen, weil das Mädchen gar nicht für Sie paßt, überhaupt kaum für einen Mann paßt; ich glaube bestimmt, sie wird eine alte Jungfer werden.

Blos darum paßt sie nicht für mich?

Brav gefragt, brav eingeworfen! ich halte mich selbst auf der Jagd, ob ich nicht blos darum gegen Euch bin, weil Sie nicht von Adel sind? Ist es nicht die höchste Ironie meines Lebens, daß mir so was passiren muß? Ja, wir wachsen im Herkommen auf, und wenn wir Zeit unsres Lebens mit Händen und Füßen dagegen stampfen, und das Herkommen hat ein ungeheures Recht, will sagen, es liegt ein außerordentliches Richtiges in ihm. Der Parvenü, welcher Minister wird vom Sohne eines Schusters, behält bis an seinen Tod etwas von Pech in einem Winkel seiner Gesinnung. Es ist ein gräulicher Gedanke zum Vergnügen für bornirte Aristokraten, aber ich mag ihn nicht verläugnen; die ersten Erziehungsjahre, in denen das Bewußtsein erwacht – und mit drei bis vier Jahren ist sich das Kind bewußt – sind unvertilgbar.

Aber, lieber Gustav, dies bizarre Mädchen ist wirklich nicht zum Heurathen. –

Sehen Sie doch, wie schön, wie reizend, wie pikant –

Wer Pikantes heurathet, der läßt eine Rosenknospe länger ungebrochen, um länger eine Rosenknospe zu haben, über Nacht ist sie aufgeplatzt und die Knospe ist todt, das Pikante ist für das Jeweilige, für den Besuch, für Alles, was sich wieder trennen muß, nicht aber für das tägliche Zusammensein. Eine pikante Ehefrau muß ein göttliches Weib sein, oder sie wird eine Xantippe.

In diesem Augenblicke schlug Toni dem kleinen Aennchen eine Ohrfeige und verließ schnell den Saal.

25.

Gustav saß wieder in der Werkstatt des Meister Heinze; der Meister drechselte, Aennchen ging ab und zu. Nach jener brutalen Behandlung, welche sie von Toni erduldet hatte, war sie durch Gustav sogleich nach Elbing zurückgebracht worden. »Ich hab' auch immerfort neben dem Fräulein weinen müssen, sie war alle Augenblick böse, und wenn sie gut war, da herzte und küßte sie mich, daß ich auch weinen mußte, ich weiß nicht, ob vor Freude.«

'S ist eben ein Edelfräulein, sprach Meister Heinze, was seine Launen hat, und nicht zu uns paßt.

Gustav seufzte. Wie schön, wie reizend war diese Toni in seine Sinne geprägt, und wie schmerzhaft hatte sie ihn verletzt durch die Behandlung Aennchens! Es griffen ihm Krallen in die Seele, wenn er davon erzählen hörte, und im Innersten fühlte er sich gedrängt, Aennchen durch Sanftheit und Gutthat zu entschädigen.

Meister Heinze fragte nach Herrn Schaller, und ob es denn wirklich wahr sei, daß er das schöne Rittergut dem bisherigen Herrn wieder geben wolle? Das wäre doch eine große Thorheit!

Auch die besten Leute solchen Standes, welche mit ihren Händen das Nothwendige erwerben, sind in dem Punkte des Besitzes zu einem Aufschwunge unfähig. Auf das kärglich zu erreichende Eigenthum ist ihr ganzes Wesen gerichtet, auch in den edelsten Gefühlen bleibt es der Mittelpunkt ihrer Innerlichkeit. Dieser Vorzug bleibt den höheren Standen als unveräußerliches Privilegium und wodurch sie ewig in den höheren Kreisen die Weltfortbildung in Händen haben.

Schaller trat ein; er begrüßte in alter Weise, und lächelte, Meister Heinze zog viel ehrfurchtsvoller sein Käppchen, als früher.

Lassen Sie uns einen Gang in's Freie machen, lieber Gustav, es wird Frühling draußen, und die Zugvögel haben ihre Flügel.

Sie gingen. Ich bin fertig mit der hiesigen Gegend, hub Schaller an, und verlasse Sie noch heute. Machen Sie mir keine Einwendung, Sie sind jung, Ihre Erfahrungen, so viel Sie deren auch schon gemacht haben, helfen Ihnen noch gar nichts; Erfahrungen brauchen wie der Adel ein gewisses Alter, um was zu gelten; nach einigen Jahren können Sie erst ein gesetzter Mann werden. Ein Entwickelungsroman kann nie in einem Athem abgeschlossen werden, er braucht seine Zeit, wie der Wein, der gähren und abgähren muß; versprechen Sie mir's, in den zwei nächsten Jahren nichts zu unternehmen, was über Ihr Leben entscheide!

Sie glauben jetzt Toni zu lieben; die Zeit wird nicht lange ausbleiben, wo Sie wissen, daß Sie nur verliebt in das Mädchen gewesen sind. Lassen Sie mir, lieber Gustav, bei unserm Abschiede die alte Offenheit: Sie sind ein gewöhnlicher Mensch, Gustav, und dürfen in keiner Weise plötzlich verfahren, um nicht unglücklich zu werden; gewöhnliche Menschen sind eben solche, die nur in den regelmäßigen, herkömmlichen Verhältnissen ihr Glück machen können; für diesen Gang können sie sogar ausgezeichnetes Einzelne haben, sie bleiben doch gewöhnliche Menschen, denn sie dürfen keine Stufe des vorgeschriebenen Weges überspringen, sie erfinden nichts.

Im jetzigen Verlaufe Ihres Lebens, lieber Gustav, blüht Ihnen kein Gedeihen, denn Sie sind außer Stand und Band des Regelmäßigen, so lange die Jugend vorhält, finden sich wohl immer kleine Hilfsmittel, denn Jugend besticht nicht nur die Weiber, sondern auch die Männer, weil sie ein angefangener Roman ist. Aber sie vergeht, und Sie enden im Hospitale; verzeihen Sie mir, ich bin Ihr Freund; warum ich es bin, liegt vielleicht auch nur im Reize Ihrer Jugend. Sie können mir mein eignes Leben vorhalten, allerdings bin ich auch ein Vagabund, aber ich bin vom Hause aus ein anders begabter Mensch, ich bin unternehmend und produktiv. Nennen Sie das nicht Arroganz: die Menschen wissen von selbst nie, ob sie wirklich begabt sind oder nicht, sie erfahren es erst von anderen oder durch andere, die sie neben sich sehen, und an welchen sie sich messen. Ich habe mich tausendfach geprüft, und doch bin ich, wie Sie mich da sehen in aller angemaßten Ueberlegenheit, die ich gegen Sie behaupte, ein Vagabund geworden, wenn auch in größerem Stile. Ich brauche eine wechselvolle Existenz um genügenden Lebensreiz zu haben, wenn ich auch vollkommen einsehe, wie ein Geordnetsein und Begnügtsein im Kleinen nöthig ist, wie ein solches für die meisten Menschen gar nicht erlassen werden kann.

Kurz, lieber Gustav, versuchen Sie von morgen an ein regelmäßiges Geschäftsleben, das fördert sich allmählig von selbst, und hält fest ohne unser weiteres Zuthun. Nach einem Glück von außen, nach einer reichen Heirath, dem großen Loose in der Lotterie suchen, darauf hoffen nur die Thoren; das freie Glück hat Sie in Prag verlassen, ein solches ist überhaupt nur wenig Menschen beschieden, man muß es für Ausnahme halten, um sich sicher zu stellen; seien Sie nun ein Mann, und erobern Sie systematisch, thätig im Kleinen und nach und nach wieder, was Ihnen das Geschick auf einmal genommen. Ich habe Ihnen eine kleine Anstellung in einer hiesigen Kanzellei ausgewirkt; lieber Gustav, treten Sie morgen dort ein, hoffen Sie auf nichts, als auf das, was Sie selbst schaffen, dann finden Sie auch ein Glück, das heißt Ihr Glück. Wollen Sie? –

– Des Abends saßen sie in der kleinen Stube beim Drechslermeister, der heute sogar nicht zum Biere gegangen war, um auf Herrn Schaller zu warten, der Abschied nehmen wollte. Er fand es unverzeihlich von diesem, das schöne Rittergut so leichtsinnig aufgegeben zu haben.

Sogar Aennchen war sehr betrübt, daß der Herr Schaller fortreisen wollte, und Gustav in tiefen, schweren Gedanken.

Es schlug sieben, es schlug acht Uhr, und Herr Schaller war noch nicht da; die Unruhe der Erwartenden wurde sehr groß. Da kam ein kleiner Knabe durch die Thür geschlüpft und brachte ein Paquet an Herrn Dorn; darin lag ein neuer fest versiegelter Einschluß und ein offnes Billet:

Ich nehme nie Abschied, lieber Gustav, und wenn Sie das lesen, rennen die Pferde schon lange mit mir davon. Grüßen Sie Meister Heinze, grüßen Sie Aennchen sehr; ich beschwöre Sie, Gustav, werden Sie morgen Kanzellist, und glauben Sie fest, daß ich Sie liebe. Warum? Sie wissen, ich frage überall naseweis nach dem Warum. Warum ich Sie liebe? Ja, Liebe ist der geheimnißvolle Mittelpunkt eines Glücks, das wir mit aller Weisheit nicht definiren. Den Beischluß öffnen Sie erst am Tage vor Ihrer Hochzeit; ich weiß, Sie sind ein Ehrenmann und werden meine Bitte respektiren. Also höchstens erst nach zwei Jahren, und jetzt, lieber Gustav, werden Sie Kanzellist!

Ihr Schaller.

Das will nun ein gebildeter Mann sein, sagte Meister Heinze verdrießlich, und läuft heimlich fort, wie die Katze vom Tauben-schlage.

'S ist recht garstig von ihm, meinte Aennchen.

26

Es war nicht Schwäche in Gustav, daß er sich den Anordnungen Schallers fügte, obwohl ihn diese auffallend genug unterordneten: einmal liebte er Schaller wirklich, und räumte ihm mit Hingebung das Uebergewicht ein, was Erfahrung und Tüchtigkeit immer gewinnen; ferner hatten ihn die eigenen Schicksale halb und halb selbst zu der Einsicht gebracht, daß nur in einem regelmäßigen Geschäfte, sei's welcher Art es wolle, Heil für ihn zu suchen wäre, für ihn, der täglich unverkennbarer nicht zu den dreist schöpferischen, originale Wege findenden Menschen gehörte. Endlich bewog ihn selbst ein gewisses Behagen im jetzigen Zustande, die nächste Folge seines Lebens nicht außerhalb des jetzigen Kreises zu suchen. Es war ihm so heimisch und lieb in Meister Heinze's Hause, und Toni, die reizende war in der Nähe. Hatte sich ihm das wunderliche Mädchen auch mehr als bedenklich gezeigt, hegte er auch eigentlich in einem tiefen Herzenswinkel schneidenden Groll gegen ein gewisses Etwas ihres Wesens: ein starker, vielleicht größtentheils sinnlicher Reiz zog ihn noch immer an sie, und dieser Reiz mochte just durch das Barocke, Unklare ihres Wesens noch gehoben und gedrängt werden.

Kurz, er wurde Kanzellist, und begann das kleine Leben, und fand sich darein auf Beste. Die Truppe war endlich zum Spielen gekommen, er kümmerte sich aber nicht mehr darum, und fühlte sich ganz heiter und still, wenn ihn Aennchen nach vollbrachtem Tagewerk mit dem bescheidenen Abendessen empfing. Der schönste Frühling war indessen thätig geworden, Meister Heinze hatte ein kleines Gärtchen am Hause, Aennchen pflegte und zog eine Laube darin; und wenn er dort herumging, und sich die Blumen von ihr zeigen und nennen ließ, wenn der Abend weich und lauschig niedersank, da ward ihm ganz heimathlich, kindlich wohl zu Muthe, er konnte sich des verrichteten Tagewerkes freuen, und auf eine beschränkte, aber sichere Zukunft rechnen. Aennchen hatte eine schöne Stimme und sang lustig die wehmüthigsten Volkslieder, welche der Norden besitzt und welche hier durch einzelne Klänge aus dem nahen Polen noch elegischer schattirt waren. Ward es finster und gingen sie in die kleine Stube, dann schälte und schnitt das immer wirthlicher werdende Mädchen Gemüse für das nächste Mittagessen, und erzählte ihm, was sie Alles in Herrn Schaller's zurückgelassenen Büchern Bemerkenswerthes oder

Verwunderliches aufgefunden habe, und fragte und staunte und schnitt und schälte weiter.

Meister Heinze kam zwar noch lange nicht darüber hinweg, daß Herr Schaller seinem Freunde Gustav nicht wenigstens ein kleines Kapital von der großen Besitzung ausgemacht habe, und wenn's nur die Försterei gewesen wäre, die dem jetzigen Förster, seinem alten Freunde, ein reichliches Einkommen sicherte.

Und wie schön war erst der Sonntag! Der ganze glückliche Eindruck eines sonnigen Festtages, an welchem alle Welt ein reines Hemd anziehe, an welchem ein Stück Fleisch gebraten werde, auch bei den ärmsten Leuten, wo der Rauch aus allen Feueressen dringe, wo die Glocken läuteten, diese ganze wohlthuende festliche Stille seiner Knabeneindrücke, senkte sich wie ein kleiner Himmel auf ihn. Auch er hatte jetzt einen wirklichen Sonntag, die Kanzellei war geschlossen, er dachte wieder an das kleine böhmische Städtchen, an die gute Tante, welche ihn von den kleinen Rosinen naschen ließ, die zur gelben Suppe herausgegeben wurden. Aennchen erschien Sonntags im drallen seidenen Kleidchen, was aus dem Hochzeitsrocke der verstorbenen Mutter geschnitten war; Meister Heinze ging müßig in Hemdsärmeln herum und rauchte aus der langen Pfeife, oder er las gar im Buche – Gustav traten manchmal die Thränen in's Auge, wenn er dabei still im Winkel saß.

Und Sonntag Abends legte Aennchen Examen ab, was Sie Alles die Woche über gelernt habe. Und Gustav lehrte Geographie und Geschichte und was er wußte. Ist's für den starken, gebildeten Mann nöthig, ja auf die Länge unerläßlich, bei seiner Umgebung Gemeinschaft mit höheren Interessen vorzufinden: bei dem schwächeren, im Grunde einfachen Gustav war es vollkommen ausreichend, unbefangene Natürlichkeit neben sich zu sehen. Die wunderbare Naivität eines Naturkindes, wie Aennchen, war ihm vielleicht ein viel größerer Genuß. Sie wußte nichts von der Welt, er hatte ihr zu erklären, was die Leute Klugheit nennten, was Erfahrung, warum die Menschen nicht alle einander liebten, weßhalb der Eine so viel Geld habe und der Andere gar keins.

Ganz ohne Störung war dieses Leben freilich noch nicht: Toni war nahe, zuweilen kam sie nach der Stadt und ließ ihn rufen, oder beschied ihn in den Wald hinaus zu einem Rendezvous. Da ging sie mit ihm im dunkelsten Forste umher, oft bis in den späten Abend hinein, und war guter und schlechter Laune, übermüthig und verdrießlich, tändelnd, herausfordernd, lockend, aber nie gewährend.

So stand sie eines Abends im Forste einige Schritte von ihm an einen Baum gelehnt, knapp und drall gekleidet, wie es ihrem behenden Wesen angemessen war, der Mond schien durch die Zweige, Gustav lehnte schmollend an einem andern Stamme, sie hatte ihn wieder zurückgewiesen, sie spottete mit lustigen Worten seiner, aus der Ferne schrieen die Hirsche. –

Gustav beschloß eben bei sich, sie nie wieder zu sehn, ein Beschluß, den jeder Verliebte der spröden Schönen gegenüber alle Tage faßt; es gibt keinen Stolz bei der Verliebtheit, wer da glaubt, diese Empfindung könne einen wirklich Verliebten kuriren, der ist nie verliebt gewesen.

Aber heute ist's gewiß das letztemal, sagte Gustav zu sich, da schlüpfte Toni blitzschnell an seine Seite, legte ihm die Hand auf den Mund, und horchte in den Wald hinein.

Was ist? – Pst! Still! – Ich habe meines Onkels Stimme durch das Schreien der Hirsche hindurch gehört, ich kenne diesen Ton, der mich verfolgt, ducken wir uns schnell in das Dickigt, wenn wir nicht lüstern sind nach einer Kugel.

Kaum war's gethan, da knallte ein Schuß, und die Kugel klappte in den Stamm, an welchem Gustav gestanden – drauf ward es wieder todtenstill, auch die Hirsche schwiegen. Toni sah sich einige Zeit darauf nach allen Seiten um, und mit einem flüchtig gesprochenen »Adieu« war sie plötzlich verschwunden.

Als Gustav spät am Abende nach Hause kam, hörte er Aennchens Stimme noch aus dem Garten, sie sang mit halbem Tone:

> War's heute schön im Sonnenschein!
> Wird morgen noch viel schöner sein. –
> Blau weht die Luft,
> Warm zieht der Duft –
> Daß mir das Herz und die Pulse schlagen,
> Kommt von den schönen Frühlingstagen.
>> Ja, ja!
>
> Es springt mir so durch Fuß und Hand,
> Es ist mir so wie glücksbekannt,
> Herauf die Brust
> Schwillt es wie Lust –

Kommt Alles von den Frühlingstagen,
Ich weiß es nur nicht recht zu sagen.
        Ja, ja!

Ja, ja! klang es noch lange durch das Haus und durch die Herzen.

27.

Die Zeit hat alle Weisheit – sie ging und ging, Gustav avancirte in der Kanzellei, ein großes Handelshaus bewarb sich um den guten Arbeiter, es bot ein reichlicheres Auskommen, er trat über. Die meisten Menschen, welche nicht besonders schöpferisch sind, kommen immer wieder nach den mannigfachsten Versuchen zu dem Geschäft und der Lebensweise zurück, wie sie von Haus aus angefangen haben zu handthieren und zu leben. Das Lebensverhältniß muß für sie erfinden, da sie selbst keine Kraft dazu spüren. Gustav war wieder Kaufmann, und ward im reich verbreiteten, streng geordneten Geschäfte auf Reisen geschickt.

Aennchen lachte aus Freuden über sein Glück, und die Thränen schlugen ihr immer dazwischen. Meister Heinze wollte auch weinen zum Abschiede, er konnt' es gar nicht glauben, daß ihn der so lieb gewordene Hausgenosse verlasse auf lange Zeit, wer weiß wie lange!

Er hatte Toni lange nicht gesehen, und in seiner innigsten Trauer, welche ihm der Abschied von Meister Heinze's Hause bereitet hatte, dachte er doch daran, als er seine raschen Pferde über die Fläche hinjagte, ja er dachte: Wenn Du Glück hättest, müßtest Du ihr noch einmal begegnen – und, wie Tischlein deck dich, kam sie hoch zu Roß über die Felder hergesprengt, weit hinter ihr zurück der Reitknecht. Sie sah Gustav, er hielt seine Pferde, sie galoppirte heran:

Wohin, Gustav? Er erzählte.

Ganz fort gehn Sie? Ja.

Pfui, das ist schlecht! Gewiß?

Ganz gewiß.

O, das ist langweilig.

Wie?

Im Hui war sie verschwunden, der Reitknecht keuchte hinterdrein, Gustav's Pferde, scheu gemacht, gingen im Carrière nach der andern Seite davon. –

So kam er denn unter ganz andern Verhältnissen in die Welt, und war dadurch ein ganz anderer Mann; der feste geschäftliche Anhaltpunkt gab ihm Sicherheit und Eifer, was er an den Menschen gesehen, von den Liebhabereien und Leidenschaften kennen gelernt hatte, ohne selbst zu wissen, daß er etwas kennen gelernt habe, das kam ihm nun trefflich zu statten. Erfahrungen kommen eben so unbewußt wie das Glück, man kann nicht darauf ausgehen, man sieht's nicht, wenn man sie macht, wie das Gras sind sie über Nacht emporgewachsen. Wie war er jetzt in seinem Elemente, wie rief er aus: ich habe mein Glück, denn ich habe meine Bestimmung! – Neun Zehntheile der Menschen sind berufen, im streng Gegebenen, zwischen streng vorgeschriebenen Pfählen zu handeln, zu existiren, neun Zehntheile sind blos da für das Detail des Lebens, sind im besseren Sinne des Wortes Handlanger; beschieden sie sich darin, dann gäb's viel weniger Unglück; das gewöhnlichste Unglück ist eben, daß stets der Dritte etwas anders sein will, als er sein kann.

Gustav war nun heraus aus dem Tappen nach einer eigenthümlichen Existenz, wofür er nirgends einen Halt gefunden, nirgends in sich finden konnte, weil er durchaus nicht zu den schöpferischen Menschen gehörte.

In seinem vorgezeichneten Kreise aber fand er nun auch sogar die Spekulation seines Kreises; nach Verlauf eines Jahres hatte er seinem Hause die trefflichsten Dienste geleistet, hatte bereits auf eigne Hand Geschäfte betrieben, nach Verlauf des zweiten war er ein vermögender Mann.

Und ein bestimmtes Verlangen, eine bestimmte Sehnsucht war auch wieder da, ohne welche immer und ewig das Leben keinen elastischen Drang, keinen Schwung und deßhalb keinen Reiz hat. War sie auch dem Außenstehenden gar sehr bescheiden, mochte man auch für den ersten Augenblick nicht einsehen, wie solch eine Wunschesrichtung entstehen, treiben, beglücken könne; in dem einfachen Gemüthe Gustav's that sie's doch: er wollte nach Prag, dort wieder in Wohlthätigkeit das Leben anknüpfen, wo er's gelassen hatte, Angélique's Vater, Angélique selbst, die Bekannten und Nachbarn sollten sehen, daß er nur verreist gewesen, daß er der alte, wohlausgestattete Herr Dorn sei. Das eigne Genüge sollte darin bestehen, daß es schiene, als sei gar nichts vorgefallen.

Sind doch immer nur diejenigen Leute etwas für uns, die einen Theil Geschichte mit uns erlebt haben, das Fremde ist uns todt und bezugslos.

So erschien er denn an einem schönen Morgen in Prag wieder und fuhr in glänzender Equipage durch die alten Straßen, sah den alten Berg wieder, wo er mit Victor im Grase gespielt, sah Angélique's Balkon und seines Lehrherrn steinern Haus, und sein Leben schien ihm erfüllt, das Glück voller und fester wieder gewonnen.

Mit welchem Behagen setzte er sich zur Tafel, wo die alten heimathlichen Speisen und Gebräuche wie mit Kinderaugen ihm entgegen winkten; wie zufrieden empfing er die alten Genossen, die sich respektvoll nach seinem Befinden erkundigten, da ihnen der Wohlstand aus jeder Falte der feinen Kleidung entgegen blinkte!

Bald war's bekannt, der Herr Dorn sei ganz der alte mit so und so viel Vermögen, und er werde sich wieder niederlassen und ein großes Geschäft führen. Ueberall ward er hingebeten, und als er eines Abends in eine zahlreiche Gesellschaft trat, sah er auch Angélique wieder. Sie hatte eine gute Partie gemacht und saß am Bostontische, etwas stärker war sie geworden, und eine leichte kleine Falte spielte um den noch schönen Mund. Sie sprang auf und hieß ihn herzlich willkommen, und lud ihn ein, sie und ihren Mann doch ja zu besuchen. Er that's am folgenden Tage, fand sie wohleingerichtet und in Wahrheit herzlich und freundlich, ja sie berührte mit einem leichten Seufzer und einer feinen Wendung die beiderseitige Vergangenheit. Ihr Mann erschien auch, ein formeller, etwas öder Mann, der höflich gegen seine Frau und gegen alle Leute war, die zur besitzenden Welt gehörten. Auch Angélique's Vater ließ sich sehen, und bezeigte seine Freude, den immer werthgeschätzten Herrn Dorn wieder zu erblicken.

Gustav fühlte sich nicht besonders erregt durch das Wiederfinden Angélique's; er hatte es eigentlich anders erwartet. Auch Cousin Louis erschien, ärmlich und kläglich: Fabrik und Geschäft waren durch die vielen Verwandten zu Grunde gerichtet, der Onkel hatte sich zu Tode getrunken, Cousin Louis bat Gustav flehentlich, das ganze Geschäft zu übernehmen, damit es, wo möglich, arrangirt werde.

So waren einige Wochen vergangen, und Gustav beschlich ein gewisses Mißbehagen. Die Anknüpfungen mit Genossen, Jugendfreunden, Bekannten erwies sich als veraltet, vergraut, er glaubte einzusehen, die

Leute nähmen nur an seiner ökonomischen Existenz, nicht aber eigentlich an seiner Person Interesse; es hatte sich Viel verändert, und es schien ihm, als lohnte es sich kaum der Mühe, wieder eingelebt zu werden. Das Zimmer der guten Tante wollte er nur noch einmal sehen, und er ritt hinaus.

Ach, das war Alles verwildert, anders gestellt; Wlaska's Vater, verarmt und gemein, kam ihm über den Hals; mit Geld mußte er sich triviale Segnungen verschaffen, übel gestimmt ritt er wieder heim. Es war ein warmer Abend – ach, seufzte er, es ist wenig mit der Welt, die Zeit mäht, wehe dem, der auf draußen hofft, und sich nicht einen kleinen, eigenen sicheren Kreis gestalten kann. Die Attributen des Glücks lassen sich keinem Menschen sagen, für jeden Menschen sind es andere – ist mir nicht die Heimath, welche so ganz dazu gehören sollte, eine Wüste geworden!

Es ward dunkel, der Mond ging auf – ein Lichtschimmer fiel auch plötzlich in sein Herz: Wahrlich, rief er aus, wie hab' ich es auch übersehen können, Meister Heinze's Haus ist meine Heimath, dort liegt die Geschichte meiner jetzigen Existenz, dort harrt meiner die ächte Theilnahme, Aennchen ist mein Weib.

Und nun jagte er nach Prag, er fühlte sich wirklich Bräutigam, heut noch sollte Schaller's Paket geöffnet werden, morgen sollte es nach Elbing gehn.

28.

Es fanden sich in Schaller's Paket zwei dicke Bücher, ein Billet und ein beschriebenes Papier. Das Billet lautete:

»Wenn Sie, lieber Gustav, dies mein Vermächtniß öffnen, werden Sie wahrscheinlich in Prag sein, denn die Menschen haben einen Heimathstrieb wie die Zugvögel, und die großen Katastrophen sind nichts für sie, wenn sie selbige nicht mit den Herrn Gevattern und Frau Muhmen besprechen können. Wem eine solche Regung nach der Heimath völlig fremd bleibt, der hat die beste Anlage zum größten Manne oder zum schlimmsten Bösewicht. Sehen Sie, was ich hoffe, in Prag bald ein, daß Sie nur zum Besuche hingekommen sind, so wird das Gedächtniß Ihres Herzens ängstlich darnach suchen, was Sie in einer so bewegten Existenz Dauerndes gerettet haben. Das unbefangene ächte Auge des lieben Aennchens wird Ihnen einfallen, und Sie werden nach Elbing reisen. Dies gute Kind liebt Sie, Sie allein, das heißt den eigentlichen Kern Ihrer Menschheit, nicht diese oder jene Eigenschaft an Ihnen, wie es zumeist geschieht. Toni, die blos Abenteuernde, haben Sie lange vergessen.

Für diesen Ihren jetzigen Zustand ist nun das inliegende Vermächtniß bestimmt – Geld habe ich Ihnen weder damals gelassen noch beigelegt. Gewonnenes, gefundenes Geld macht faul, Faulheit ist Tod. Wer kein Geld erwerben kann, hat noch eine falsche Stellung zur Welt, und soll nicht heurathen.

Die beiliegenden Bücher sind einfach, aber von Wichtigkeit: das eine ist der Jahrgang einer alten politischen Zeitung. Darin werden Sie hunderterlei verschiedene Anforderungen, Befehle, Grundsätze, Verbote finden, welche alle den Tod, lange Gefangenschaft, den Stempel des Frevels, den Umsturz der Gesellschaft hinter sich herschleppen, das Heil der Welt von sich allein abhängig machen. Sie werden bei jedem neuen Tage einen neuen Widerspruch gegen Vorhergehendes, und doch immer wieder einen neuen Tag mit unfehlbaren Versicherungen und mit der alten Existenz finden.

Erkennen Sie daraus, daß man nachsichtig, in Meinungen niemals tödlich sein muß, um recht zu thun, Recht zu behalten, die Menschen zu verbinden.

Das zweite Buch ist ein »gemeinnütziger Rathgeber für Stadt und Land, nebst angehängtem Hausapotheker.« Es enthält die nothwendigsten alltäglichen Kenntnisse. Ich habe es selbst revidirt, und schenke es Ihnen mit dem kleinen Sprüchlein: Wenn man immer das Nächste weiß, so weiß man sehr viel, in vielen Fällen genug.

Das beiliegende Papier ist ein Heurathskatechismus, der sich Ihnen von selbst empfehlen wird – leben Sie wohl; geht es Ihnen gut, so besuche ich Sie vielleicht einmal, geht's Ihnen schlecht, so kann Ihnen kein Mensch helfen, denn Sie haben nach vielem Verfehlten wohl Ihre einfach geschäftliche Bestimmung aufgefunden, das erbliche Glück jedes Menschen; können Sie auch darin nicht gedeihen, dann haben Sie entschieden Unglück, und müssen das auf eine Weise tragen, welche Ihnen die bequemste ist.

Heurathskatechismus

1. Die Frau muß den Hochzeitstag bestimmen.

2. Noch vor der Hochzeit mußt du ihr sagen, daß du sehr arm seyest, sehr verschwenderisch, ungezogen, von schwacher Gesundheit.

3. Am Hochzeitstage mußt du vor deiner Frau weder essen noch trinken.

4. Niemals in Gegenwart der jungen Frau, selbst wenn sie's nur aus der Ferne sehen könnte, mit einem andern Manne geheimnißvoll leise sprechen und hinterher lachen.

5. Du mußt niemals Käse essen.

6. Auch wenn die Frau gar nicht eitel ist, mußt Du ihr im Theater den Platz suchen, wo sie besser gesehen wird als sieht. Das Letztere dankt sie Dir, das Erste aber macht sie heiter.

7. Mach nie im Aerger Deiner Frau den Vorwurf: Du liebst mich nicht ordentlich – vom einmal Gesagten wird immer etwas wahr.

8. Küsse nie Deine Frau vor andern Leuten.

9. Wenn Du ihr aber in Gegenwart Anderer die Hand küssest, wird es Dir von Nutzen sein.

10. Schenke Deiner Frau nie etwas, was sie in die Wirthschaft braucht, Du wirst ihr dadurch ordinair.

11. Geh' niemals früher zu Bett als Deine Frau.

12. Trag' nie eine weiße Schlafmütze.

13. Trag' auch keinen Flanell.

14. Wasche Dir selbst nicht die Hände in Gegenwart Deiner Frau.

15. Wenn man zum ersten Male liebt, ein junges Mädchen liebt, und diese heurathet, so begeht man eine Dummheit oder ein Wagstück.

16. Wer eine Frau einem Anderen abspenstig macht und heurathet, wird nie glücklich.

17. Deine Frau darf keine intime Freundin haben, sie ist Deine Feindin.

18. Wenn Du keine Arbeit, kein Geschäft hast, mußt du einen geheimnißvollen Zweck erfinden, sonst verlierst Du die Liebe Deiner Frau.

19. Sage nie Deiner Frau, außer der Liebe zu ihr sei Dir Alles in der Welt Nebensache; das macht sie gleichgültig gegen Dich.

20. Fordre nie das kleinste Opfer, weise sogar das angebotene ab, dann nur kannst Du auf's größte rechnen.

21. Frühere Liebesgeschichten darfst Du Deiner Frau nur erzählen, wenn sie Dich auffordert, nur so lange sie fragt, nie mit Feuer.

22. Sprich niemals schlecht von einer früheren Geliebten.

23. Auch wenn Dir Deine Frau entgegenkommt, muß Deine Zärtlichkeit oft nur romantisch bleiben, sobald sie Dich für sinnlich hält, ist die Liebe in größter Gefahr.

24. Wenn Du mit Deiner Frau streitest, und es tritt ein Andrer Deiner Meinung bei, mußt Du die Meinung fahren lassen und die Ansicht Deiner Frau vertheidigen.

25. Der schönste Mann darf Euer Hausfreund sein, niemals aber ein Dir überlegener Geist.

26. Du kannst Unrecht haben, darfst aber nie unbedeutend erscheinen gegen Andere.

27. Eine Frau nehmen ist leichter als eine lassen.

28. Wer eine Geliebte verliert, hat Unglück, wer eine Frau verliert, ist entweder nie geliebt worden, oder er wäscht sich nicht, oder er ist unbedeutend, oder er verliert nichts.

29. Wenn Du dem vertrautesten Freunde von Deinen ehelichen Verhältnissen erzählst, setzest Du Deine Frau auf's Spiel.

30. Vertraust Du dergleichen einer Freundin, so hast Du Deine Frau verloren.

31. Wenn Dir Deine Frau nicht auch mitunter die Hand küsset, so liebt sie Dich nicht.

32. Du mußt Deiner Frau immer beweisen, daß sie den Pantoffel hat und Dich beherrscht.

33. Wer lange im Schlafrocke bleibt, riskirt die Liebe seiner Frau.

34. Ein furchtsamer Mann muß nie heurathen.

35. Ein Mann, der kein Vermögen hat und nichts erwirbt, ist immer nur der Günstling seiner reichen Frau, wird nie ihr Mann.

36. In Gegenwart Deiner Frau mußt Du niemals stark essen.

37. Die Frauen sind alle idealistisch, darnach richte Dich.

38. Die Frauen werden nur durch die Männer gemein, und vergeben es dem nie, welcher sie dazu verleitet.

39. Ueberrasche Deine Frau nie wenn sie sich ankleidet.

40. Auch wenn sie Dir sonst nichts verbirgt, bloße Neugier und Zudringlichkeit hält sie für Nichtachtung und straft sie mit gleicher Münze.

41. Die Ehe ist nicht blos eine Wissenschaft, wie sie der geistreiche Franzose nennt, sie ist auch eine Kunst.

42. Schlaft niemals ein, wenn Du Dich mit Deiner Frau gezankt hast, ohne eine Sühnung zu versuchen.

43. Wird diese entschieden abgewiesen, dann kannst Du's schweigend abwarten.

44. Bitte mitunter Deine Frau um Verzeihung, wenn sie Dich beleidigt hat; das trägt tausendfache Zinsen.

45. Zeige bei keiner Veruneinigung Deine ganze Ueberlegenheit, welche Dir Geist und Verhältniß zur Welt gewähren; das erbittert bis in's Heiligste.

46. Du mußt mitunter Tagelang keine Zeit haben, Deine Frau länger als einen Augenblick zu sehn.

47. Achte Deine Frau wie Deinen Augapfel, sonst verlierst Du sie.

48. Gefährliche Nebenbuhler mußt Du sehr liebenswürdig finden, und niemals im Geringsten tadeln.

49. Vergnügungen muß nie ein Anderer zuerst anbieten.

50. Küsse nie Deine Frau, wenn sie nicht will, sie empfindet sonst die Last der Ehe, und hält Dich für gemein.

51. Wenn Du oft mit den Dienstleuten zankst, wirst Du Deiner Frau zuwider.

52. Fordert sie Dich dazu auf, dann sei Despot, weise den Domestiken gleich aus Deinem Hause.

53. Gib Deiner Frau kein Papiergeld, sondern nur Gold oder Silber.

54. Widerlege jeden ihrer Gründe wenn sie streitet und lache nicht dabei – unterlässest Du jenes und thust Du dies, so hält sie's für Geringschätzung.

55. Wer Viel trinkt, muß gar nicht heurathen.

Aennchen jubelte wie eine Lerche, als sie Gustav wieder sah, und als er sie um ihre Hand bat, fiel sie ihrem Vater weinend um den Hals. Meister Heinze aber sagte: Gott segne uns dieses Glück!

Toni war nach Petersburg gereist.

Titelliste Taschenbuch-Literatur-Klassiker

Bd. 1 *Abenteuer und Fahrten des Huckleberry Finn*, Mark Twain, Bd. 2 *Andersens Märchen*, Hans Christian Andersen, Bd. 3 *Anton Reiser*, Karl Philipp Moritz, Bd. 4 *Aus dem Leben eines Taugenichts*, Joseph Freiherr v. Eichendorff, Bd. 5 *Bahnwärter Thiel*, Gerhard Hauptmann, Bd. 6 *Bambi Eine Lebensgeschichte aus dem Walde*, Felix Salten, Bd. 7 *Bauern, Bonzen und Bomben*, Hans Fallada, Bd. 8 *Bel Ami*, Guy de Maupassant, Bd. 9 *Bergkristall*, Adalbert Stifter, Bd. 10 *Candide oder der Optimismus*, Voltaire, Bd. 11 *Caspar Hauser oder Die Trägheit des Herzens*, Jakob Wassermann, Bd. 12 *Dantons Tod*, Georg Büchner, Bd. 13 *Das Bildnis des Dorian Grey*, Oscar Wilde, Bd. 14 *Das Dschungelbuch*, Rudyard Kipling, Bd. 15 *Das Fräulein von Scuderi*, ETA Hoffmann, Bd. 16 *Das Gemeindekind*, Marie v. Ebner-Eschenbach, Bd. 17 *Das Heptameron*, *Margarete v. Navarra*, Bd. 18 *Märchenbriefbuch der heiligen Nächte*, Max Dauphtendey, Bd. 19 *Das Marmorbild*, Joseph v. Eichendorff, Bd. 20 *Das Schloss*, Franz Kafka, Bd. 21 *Das Urteil*, Franz Kafka, Bd. 22 *David Copperfield*, Charles Dickens, Bd. 23 *Der abenteuerliche Simplizissimus*, Grimmelshausen, Bd. 24 *Der arme Spielmann*, Franz Grillparzer, Bd. 25 *Der eingebildete Kranke*, Moliere, Bd. 26 *Der ewige Spießer*, Ödön v. Horváth, Bd. 27 *Der Fürst*, Nocolò Machiavelli, Bd. 28 *Der Glöckner von Notre Dame*, Victor Hugo, Bd. 29 *Der goldene Esel*, Apuleius, Bd. 30 *Der goldene Topf*, ETA Hoffmann, Bd. 31 *Der Graf von Monte Christo*, Alexandre Dumas, Bd. 32 *Der grüne Heinrich*, Gottfried Keller, Bd. 33 *Der kleine Häwelmann und andere Märchen*, Theodor Storm, Bd. 34 *Der kleine Lord*, Frances Hodgson Burnett, Bd. 35 *Der letzte Mohikaner*, James Fenimore Cooper, Bd. 36 *Der Prozess*, Franz Kafka, Bd. 37 *Der Sandmann*, ETA Hoffmann, Bd. 38 *Der Schimmelreiter*, Theodor Storm, Bd. 39 *Der Schuss von der Kanzel*, Conrad Ferdinand Meyer, Bd. 40 *Der Seewolf*, Jack London, Bd. 41 *Der seltsame Fall des Dr. Jekyll und Mr. Hyde*, Robert Louis Stevenson, Bd. 42 *Der Stechlin*, Theodor Fontane, Bd. 43 *Der Sturmheidhof (Sturmhöhe)*, Emily Brontë, Bd. 44 *Der Tor und der Tod*, Hugo v. Hofmannsthal, Bd. 45 *Der Weg ins Freie*, Arthur Schnitzler, Bd. 46 *Der zerbrochene Krug*, Heinrich v. Kleist, Bd. 47 *Deutsches Märchenbuch*, Ludwig Bechstein, Bd. 48 *Deutschland. Ein Wintermärchen*, Heinrich Heine, Bd. 49 *Die Abenteuer der sieben Schwaben*, Ludwig Aurbacher, Bd. 50 *Die Burg von Otranto*, Horace Walpole, Bd. 51 *Die drei Musketiere*, Alexandre Dumas, Bd. 52 *Die Elixiere des Teufels*, ETA Hoffmann, Bd. 53 *Die Geschichte meines Lebens*, Georg Ebers, Bd. 54 *Die Insel Felsenburg*, Johann Gottfried Schnabel, Bd. 55 *Die Judenbuche*, Annette v. Droste-Hülshoff, Bd 56. *Die Kameliendame*, Alexandre Dumas, Bd. 57 *Die Kartause von Parma*, Stendhal, Bd. 58 *Die Kreutzersonate*, Lew Tolstoi, Bd. 59 *Die Leiden des jungen Werther*, Johann Wolfgang v. Goethe, Bd. 60 *Die Leute von Seldwyla I*, Gottfried Keller, Bd. 61 *Die Leute von Seldwyla II*, Gottfried Keller, Bd. 62 *Die Marquise*, George Sand, Bd. 63 *Die Marquise von O.*, Heinrich v. Kleist, Bd. 64 *Die Memoiren der Fanny Hill*, John Cleland, Bd. 65 *Die Ratten*, Gerhard Hauptmann, Bd. 66 *Die Räuber*, Friedrich v. Schiller, Bd. 67 *Die Regentrude*, Theodor Storm, Bd. 68 *Die Reisen des Baron zu Münchhausen*, Bd. 69 *Die Schatzinsel*, Robert Louis Stevenson, Bd. 70 *Die Verlobten*, Allessandro Manzoni, Bd. 71 *Die Verwandlung*, Franz Kafka, Bd. 72 *Die Verwirrungen des Zöglings Törleß*, Robert Musil, Bd. 73 *Die Waffen nieder*, Berta von Suttner, Bd. 74 *Die Wahlverwandtschaften*, Johann Wolfgang v. Goethe, Bd. 75 *Don Carlos*, Friedrich v. Schiller, Bd. 76 *Eduards Traum*, Wilhelm Busch, Bd. 77 *Effi Briest*, Theodor Fontane, Bd. 78 *Egmont*, Johann Wolfgang v. Goethe, Bd. 79 *Ein Held unserer Zeit*, Michail Lermontoff, Bd. 80 *Einsichten und Ausblicke*, Gerhard Hauptmann, Bd. 81 *Emilia Galotti*, Gottold Ephraim Lessing, Bd. 82 *Erinnerungen aus galanter Zeit*, Giacomo Casanova, Bd. 83 *Erzählungen*, Wilhelm Busch, Bd. 84 *Es waren zwei Königskinder*, Theodor Storm, Bd. 85 *Essays*, Michel de Montaigne, Bd. 86 *Franz Sternbalds Wanderungen*, Ludwig Tieck, Bd. 87 *Fräulein Else*, Arthur Schnitzler, Bd. 88 *Frühlings Erwachen*, Frank Wedekind, Bd. 89 *Gedanken*, Blaise Pascal,

Bd. 90 *Gefährliche Liebschaften*, Pierre-Ambroise-François Choderlos de Laclos, Bd. 91 *Gegen den Strich*, Joris-Karl Huysmany, Bd. 92 *Geschichte des Fräuleins von Sternheim*, Sophie v. La Roche, Bd. 93 *Geschichte vom braven Kasperl und dem Annerl*, Clemens Brentano, Bd. 94 *Geschichten aus dem Wienerwald*, Ödön v. Horváth, Bd. 95 *Glanz und Elend der Kurtisanen*, Honore de Balzac, Bd. 96 *Glück und Unglück der berühmten Moll Flanders*, Daniel Defoe, Bd. 97 *Götz von Berlichingen*, Johann Wolfgang v. Goethe, Bd. 98 *Gullivers Reisen*, Jonathan Swift, Bd. 99 *Heidis Lehr und Wanderjahre*, Johann Spyri, Bd. 100 *Heinrich von Ofterdingen*, Novalis, Bd. 101 *Hiob Roman eines einfachen Mannes*, Joseph Roth, Bd. 102 *Immensee*, Theodor Storm, Bd. 103 *Iphigenie auf Tauris*, Johann Wolfgang v. Goethe, Bd. 104 *Italienische Märchen*, Clemens Brentano, Bd. 105 *Ivannhoe*, Walter Scott, Bd. 106 Jahrmarkt der Eitelkeiten, William Makepaece Thackeray, Bd. 107 *Jane Eyre*, Charlotte Brontë, Bd. 108 *Jugend ohne Gott*, Ödön v. Horvath, Bd. 109 *Jürg Jenatsch*, Conrad Ferdinand Meyer, Bd. 110 *Kabale und Liebe*, Friedrich v. Schiller, Bd. 111 *Kasimir und Karoline*, Ödön v. Horvath, Bd. 112 *Kinder- und Hausmärchen*, Gebrüder Grimm, Bd. 113 *Kleiner Mann, was nun*, Hans Fallada, Bd. 114 *König Alkohol*, Jack London, Bd. 115 *Krambambuli*, Marie Ebner-Eschenbach, Bd. 116 *Lausbubengeschichten*, Ludwig Thoma, Bd. 117 *Lavinia - Pauline - Kora*, George Sand, Bd. 118 *Leben und Lüge*, Detlev von Liliencron, Bd. 119 *Lebensansichten des Katers Murr*, ETA Hoffmann, Bd. 120 *Lenz. Der hessische Landbote*, Georg Büchner, Bd. 121 *Lieutenant Gustl*, Arthur Schnitzler, Bd. 122 *Lord Jim*, Joseph Conrad, Bd. 123 *Luise*, Johann Heinrich Voß, Bd. 124 *Madame Bovary*, Gustave Flaubert, Bd. 125 *Märchen*, Wilhelm Hauff, Bd. 126 *Maria Stuart*, Friedrich v. Schiller, Bd. 127 *Max Havelaar*, Multatuli, Bd. 128 *Meister Floh*, ETA Hoffmann, Bd. 129 *Michael Kohlhaas*, Heinrich v. Kleist, Bd. 130 *Minna von Barnhelm*, Gotthold Ephraim Lessing, Bd. 131 *Moby Dick*, Hermann Melville, Bd. 132 *Nathan, der Weise*, Gotthold Ephraim Lessing, Bd. 133-1 und 133-2 *Nils Holgersson wunderbare Reise*, Selma Lagerlöf, Bd. 134 *Niels Lyne*, Jens Peter Jacobsen, Bd. 135 *Nußknacker und Mausekönig*, ETA Hoffmann, Bd. 136 *Oliver Twist*, Charles Dickens, Bd. 137 *Onkel Toms Hütte*, Herriett Beecher Stowe, Bd. 138 *Peter Schlemihls wundersame Geschichte*, Adalbert v. Chamisso, Bd. 139 *Peterchens Mondfahrt*, Gerdt v. Bassewitz, Bd. 140 *Pinocchio*, Carlo Collodi, Bd. 141 *Reinecke Fuchs*, Johann Wolfgang v. Goethe, Bd. 142 *Rheinmärchen*, Clemens Brentano, Bd. 143 *Rinaldo Rinaldini*, Christian August Vulpius, Bd. 144 *Robinson Crusoe*; Daniel Defoe, Bd. 145 *Romeo und Julia*, William Shakespeare Bd. 146 *Schach von Wuthenow*, Theodor Fontane, Bd. 147 *Schachnovelle*, Stefan Zweig, Bd. 148 *Schatzkästlein des rheinischen Hausfreundes*, Johann Peter Hebel, Bd. 149 *Schelmuffskys Reisebeschreibung*, Christian Reuter, Bd. 150 *Schloss Gripsholm*, Kurt Tucholsky, Bd. 151 *Siebenkäs*, Jean Paul, Bd. 152 *Sternstunden der Menschheit*, Stefan Zweig, Bd. 153 Tao te king, Laotse, Bd. 154 *Till Eulenspiegel*, Hermann Bote, Bd. 155 *Tolldreiste Geschichten*, Honorè de Balzac, Bd. 156 *Tom Jones, Geschichte eines Findelkindes*, Henry Fielding, Bd. 157 *Tom Sawyers Abenteuer und Streiche*, Mark Twain, Bd. 158 *Troquato Tasso*, Johann Wolfgang v. Goethe, Bd. 159 *Traumnovelle*, Arthur Schnitzler, Bd. 160 *Trost der Philosophie*, Boethius, Bd. 161 *Über den Umgang mit Menschen*, Adolph Freiherr v. Knigge, Bd. 162 *Uli der Knecht*, Jeremias Gotthelf, Bd. 163 *Uli der Pächter*, Jeremias Gotthelf, Bd. 164 *Ungeduld des Herzens*, Stefan Zweig, Bd. 165 *Ut oler Welt*, Wilhelm Busch, Bd. 166 *Vater Goriot*, Honorè de Balzac, Bd. 167 *Väter und Söhne*, Ivan Sergejeviç Turgenev, Bd. 168 *Verlorene Illusionen*, Honorè de Balzac, Bd. 169 *Von der Freiheit eines Christenmenschen*, Martin Luther – Bd. 170 *Von der Ursache, dem Prinzip und dem Einen*, Bruno Giordano, Bd. 171 *Vor Sonnenuntergang*, Gerhard Hauptmann, Bd. 172 *Walden oder Leben in den Wäldern*, Henry D. Thoreau, Bd. 173 *Wilhelm Meisters Lehrjahre*, Johann Wolfgang v. Goethe, Bd. 174 *Wilhelm Meisters Wanderjahre*, Johann Wolfgang v. Goethe, Bd. 175 *Wilhelm Tell*, Friedrich v. Schiller